천재 건축가 아비지

임문성

2004년 '푸른문학상'을 수상하며 아동문학 작품 활동을 시작했으며 2013년에 동화책《달빛 놀이터》를 발표했습니다. 함께 지은 책《엄마의 날개》와《날아라, 마법의 양탄자》에 단편 동화 〈지렁이 대작전〉을 실었고,《일어나》에 단편 동화 〈꿈속의 방〉을 실었습니다.
아동 청소년 문학 번역가로도 활동했으며 옮긴 책으로는《병 속의 바다》《지구를 담은 지도》《체리나무 위의 눈동자》 등이 있습니다.

청소년 소설 _13
천재 건축가 아비지

임문성 글

펴낸날 2023년 4월 5일 초판1쇄
펴낸이 김남호 | 펴낸곳 현북스
출판등록일 2010년 11월 11일 | 제313-2010-333호
주소 07207 서울시 영등포구 양평로 157, 투웨니퍼스트밸리 801호
전화 02) 3141-7277 | 팩스 02) 3141-7278
홈페이지 http://www.hyunbooks.co.kr | 인스타그램 hyunbooks
ISBN 979-11-5741-357-7 43810

편집장 전은남 | 편집 강지예 | 디자인 디.마인 | 마케팅 송유근 함지숙

천재 건축가 아비지

임문성

| 차례 |

| 프롤로그 |

불길한 꿈, 불길한 아이

서기 616년, 회갈색 매 한 마리가 날개를 활짝 펴고 하늘 높이 날고 있었다.

"고놈! 시원하게 잘 나는구나."

강가에서 낚시를 하고 있던 연담이 매를 보고 빙그레 웃었다. 연담은 조와소에서 기와를 만드는 와공으로 출산을 앞둔 아내에게 붕어라도 먹여 볼 요량으로 낚싯대를 잡고 있었다.

첨벙! 하는 소리가 나더니 커다란 물고기 한 마리가 물 위로 튀어 올랐다.

케케케!

하늘에서 매가 무서운 속도로 활강했다. 연담이 그 모습에 놀라 낚싯대를 놓쳤다. 그사이 매가 물고기를 덥석 채 갔다.

우르릉!

커다란 쇠구슬이 굴러가는 듯한 큰 소리가 나더니 무지갯빛 물안개가 연못을 뒤덮었다. 물안개를 뚫고 커다란 무언가가 솟아올랐다. 오색 비늘을 두르고 푸른 수염을 휘날리는 용이었다. 용이 거대한 몸을 꼬며 서서히 하늘로 올라가기 시작했다. 하늘에서 번쩍하고 벼락이 치더니 세찬 빛이 용을 강타했다.

꾸와앙!

고막을 찌를 듯, 용이 날카로운 소리를 냈다. 벼락을 맞은 용의 몸통에 불길이 일어나 타올랐다. 용은 고통에 몸부림치며 연못으로 떨어졌다. 커다란 물기둥이 잠시 솟았다가 사라졌다. 갑자기 세상이 멈춘 것처럼 고요해졌다.

그때, 매가 푸드덕거리는 소리를 내며 날기 시작했다. 연담은 죽은 줄 알았던 매가 살아 있어 반가웠다. 그런데 왼쪽 날개에 불이 붙어 있었다. 매의 날갯짓이 느려지더니 오래 버티지 못하고 그대로 떨어졌다.

연담은 까맣게 그을린 매를 받았다.

"아악!"

연담이 비명을 지르며 눈을 떴다. 온 세상이 번쩍이더니 천둥소리가 땅을 울려 댔다.

'우리나라에선 어라하(백제 왕의 호칭)를 용이라 여긴다. 그런데 용이 승천하다가 벼락을 맞고 떨어졌으니 흉몽 중의 흉몽이야. 게다가 불에 탄 매라니…….'

연담은 꿈에서 본 장면을 되새겨 보았다. 정말 예사롭지 않은 꿈이었다.

"으악! 나 좀 봐요."

옆에 누워 있던 아내가 만삭이 된 배를 끌어안고 고통스러운 신음을 냈다.

"아, 아기가 나오려나 봐요. 산파가 보름은 남았다고 했는데……."

"아이고! 부인, 조금만 참으시오. 얼른 마을 입구에 사는 산파를 불러오리다."

연담은 옷도 제대로 갖춰 입지 못하고 비바람이 치는 밖으로 내달렸다.

천둥 벼락이 내리치던 이른 봄의 새벽, 아홉 달째에 막 들어선 작은 아기가 태어났다.

산파가 아기를 씻기며 중얼거렸다.

"열 달은 못 채웠지만 젖도 잘 빨고, 울음소리도 쩌렁쩌렁해. 어머나! 왼쪽 어깻죽지에 점이 있네. 불에 덴 것처럼 거무스름하구먼."

그 말에 연담이 소스라치게 놀라 아기의 왼쪽 어깨를 살폈다. 그곳에 새알 크기의 검은 점이 있었다. 연담은 자기도 모르게 고개를 저으며 '아니야, 아니야.'라고 중얼거렸다.

연담은 걱정스러운 마음에 정림사의 큰스님을 찾아가 불길한 꿈에 대해 조심스레 이야기했다. 큰스님이 찬찬히 답을 해 주었다.

"하늘을 가르는 매의 기운을 가진 아이입니다. 타고난 재주가 빛을 보면 커다란 영광이 찾아들겠지만, 때를 잘못 만나면 큰 역경을 만날 수도 있습니다."

연담은 큰스님의 말을 듣고 더욱 혼란스러웠다.

"혹시 이 아이가 역적이 될 팔자는 아니겠지요?"

큰스님이 빙그레 웃으며 알 듯 모를 듯 한 말을 했다.

“사람은 모두 자기만의 업보가 있습니다. 그러니 하늘의 섭리를 거스르지 마십시오.”

연담은 고개를 떨궜다.

연담은 집에 돌아오자마자 아내에게 힘없이 말했다.

“아기 이름은 아닐 비(非) 자를 써서 ‘아비’라 부르면 되겠소. 절대로 글도, 기술도 가르쳐선 안 되오. 그냥 아무도 아닌 듯 평범하게 사는 게 이 아기를 위하는 길이오.”

1. 매를 닮은 아이

서기 629년, 만물에 초록 빛깔이 돋아나는 봄이 왔다. 아비는 열세 살이 되었다. 아비보다 네 살 위의 형, 아소가 사비성 안에 있는 조와소에 일을 배우러 간 지도 3년이 지났다. 형 아소는 벌써 실력을 인정받은 숙련공이 되었다.

아비는 형 소식을 들을 때마다 속이 상했다. 하루하루 잡일이나 하며 시간을 보내고 있는 제 처지와 너무도 달랐기 때문이다. 그럴 때마다 아비는 산에 올랐다. 백제의 수도 사비를 에워싼 나성은 산등성이를 따라 지어져 있었다.

그중에서도 구불구불한 강이 제일 잘 보이는 곳에 아비의 명당자리가 있었다. 그곳에선 강 위를 떠다니는 배들도 보이고 구드래 나루터에 드나드는 사람들도 보였다.

"오늘은 왜나라에서 오는 배가 없네."

백제선은 바닥이 평평하고 돛이 튼튼했다. 그 배는 황해 바다를 건너 당나라로, 남쪽 바다를 건너 왜나라로 자유롭게 오갔다. 지난가을, 아버지 연담도 구드래 나루터에서 커다란 백제선을 타고 왜나라로 향했다. 백제의 장인들이 일본에 짓고 있는 큰 절에 기와를 올리기 위해서였다.

'아버지는 나를 왜 그리 싫어하시는 걸까?'

아비는 아버지를 떠올릴 때마다 자꾸 주눅이 들었다. 어릴 때부터 아버지는 아비를 냉대했다. 아비에게 따뜻한 말 한마디 해 준 적이 없었다. 그건 아무래도 좋았다. 아비가 무엇보다도 아쉬운 것은 아버지가 못 하게 해서 글을 배울 수도, 형처럼 기술을 배울 수도 없다는 것이었다.

아비는 또래에 비해 키가 큰 편이었다. 마르고 긴 팔과 다리가 형에게서 물려받은 저고리와 바지를 비집고 나와 있었다. 서당 대신 산과 들로 뛰어다녀서 얼굴은 가무잡잡했다. 하지만 오뚝하고 날렵하게 솟은 콧대는 시골 아이답지 않은 분위기를 풍겼다.

성곽 아래에서 귀에 익은 목소리가 들려왔다.

"아비야! 또 아버지를 기다리는 게냐?"

매골 촌장의 큰아들 고니였다. 아비와는 어려서부터 죽마고우로, 몸매도 마음씨도 둥글둥글한 친구였다.

아비가 괜스레 투덜거렸다.

"내가 왜 아버지를 기다리겠냐? 뭐 좋을 게 있다고."

고니가 튀어나온 돌을 딛고 성곽 위로 올라와 아비의 곁에 앉았다.

"우아, 봄이 왔나 보다. 큰 배들이 다니기 시작하네. 다 어디로 가는 배들이지?"

"응, 들어오는 배는 왜나라에서 오는 거고, 나가는 건 당나라로 향하는 것 같아."

"아비야, 넌 눈이 어찌 그리 좋냐? 그걸 여기서 보고 안다고?"

아비가 별거 아니란 듯이 고니에게 설명을 하기 시작했다.

"당나라에서 들어오는 배에는 사람보다 짐이 많이 실려 있어. 왜나라에서 들어오는 배에는 반대로 짐보다 사람이 더 많고. 왜나라에서 당나라에 가려면 구드래 나루터에서 다른 백제

선으로 갈아타야 하거든."

그때 아비의 배 속에서 꼬르륵 소리가 크게 났다. 고니가 웃으며 말했다.

"또 아침을 거른 게야? 우리가 접때 숨겨 놓은 마가 있잖아. 그거라도 먹으러 갈까?"

아비가 고개를 끄덕였다.

두 소년은 키득거리며 자기들만의 비밀 공간으로 향했다. 커다란 바위 사이에 생긴 작은 동굴이었다.

"으악! 저게 왜 저렇게 됐지?"

동굴 입구를 가리기 위해 쌓아 두었던 나뭇가지들이 바닥에 널브러져 있었다. 안에 두었던 마도 모두 사라져 버렸다.

고니가 투덜거렸다.

"엊그제 사비성 귀족 아이들이 떼로 몰려와 사냥을 한답시고 설치고 다니더니, 우리 동굴 안까지 헤집어 놓고 마도 가져갔나 보다."

아비가 고개를 가로저으며 말했다.

"아닐 거야. 사비성 귀족 애들이 뭐가 아쉬워서 마를 가져가겠니?"

"아비야, 모르는 소리 말아라. 지난달에 이 산에서 산삼이 나왔단 소문이 돌아서 여기 물정도 모르는 사람들이 몰려와 이 산을 뒤지고 난리란다."

그때 동굴 밖에서 누군가 "으악!" 하고 새된 비명을 질렀다. 아비와 고니가 밖으로 나가 보니 붉은색 비단옷을 입은 낯선 소년이 동굴 앞 비탈진 곳에 쓰러져 있었다.

아비는 소년에게 달려가 손을 내밀었다.

"얼마나 다쳤는지는 모르겠지만 일단 날 잡고 천천히 일어나 봐."

아비가 넘어진 소년을 일으키는 동안 고니는 땅에 떨어진 바구니를 주워 들었다.

"부잣집 도련님 같은데 여기서 뭘 캐고 계셨나 볼까? 어! 이거 우리 마 아니야?"

바구니를 살피던 고니가 소리를 질렀다. 아비도 얼른 바구니를 살폈다.

"이거 여섯 개인데? 우리가 묻어 놓은 거랑 크기도 같고 개수도 같아. 혹시 이거 저 동굴 안에서 가져온 거야?"

아비가 낯선 소년에게 물었다. 소년이 얼굴을 붉히며 말했다.

"주, 주인이 있는 줄은 몰랐어. 여기서 산삼이 났다는 소문을 듣고 왔는데 산삼은커녕 도라지도 없더라. 대신 어머니께 이거라도 가져다드려야겠다 싶어서……."

소년이 말끝을 흐렸다. 아비가 그 모습을 빤히 보더니 들고 있던 바구니를 내밀었다.

"이거 가지고 가서 어머니께 드려. 우린 다시 캐서 먹으면 되니까."

소년이 쑥스러운 듯 고개를 숙이며 바구니를 받아 들었다.

"저, 정말 고마워."

그러자 고니가 짜증을 냈다.

"아비야! 저 녀석 말을 어찌 믿어? 비단옷도 어디서 훔쳐 입은 거 아니야?"

비단옷을 입은 소년이 고니의 말을 듣고 버럭 화를 냈다.

"훔치다니! 그게 무슨 소리냐? 나는 목부에서 달솔 벼슬을 하시며 백제 궁궐과 사찰의 건축을 책임지고 계신 달솔 목라수 박사의 손자 목아진이다."

목라수 박사라는 이름을 듣자마자 고니가 큰 소리로 말했다.

"우아! 네가 그 유명한 목라수 박사님 손자라고?"

"그렇다!"

아진이 목소리에 힘을 주어 말했다.

아비도 목라수 박사가 누구인지 잘 알고 있었다. 아버지 연담이 세상에서 제일 존경하는 분, 이 나라 백제의 관청과 궁궐, 절과 목탑을 건설하는 데 일생을 바치신 분이다. 목공, 와공, 조사공, 석공, 수많은 장인들이 그분의 지도를 받고 박사가 되어 왜나라와 당나라까지 진출했다.

아진을 의심스럽게 살피던 고니가 갑자기 살갑게 굴기 시작했다.

"이크! 내가 실수를 했네. 내 이름은 고니. 여기 매골 촌장의 맏아들이지. 이쪽은 아비. 이 친구 아버지도 유명한 와공이셔. 지금은 왜나라에 절을 지으러 가셨고."

고니의 말을 들은 아진이 반가운 표정을 짓더니 아비에게 물었다.

"아비, 네 아버지 함자가 어찌 되는데?"

"연담."

아비가 짤막하게 대답했다. 그러자 아진이 깜짝 놀란 듯, 눈을 동그랗게 뜨며 물었다.

"아! 연담 아저씨가 네 아버지란 말이지? 그럼 네가 아소 형 동생이냐?"

이번에는 아비가 놀라서 되물었다.

"네가 아소 형을 어찌 알아?"

"아소 형이 우리 집에 심부름을 자주 오거든."

아진이 아비 쪽으로 발걸음을 옮기다가 갑자기 비명을 지르며 주저앉았다.

"아악! 아까 넘어지면서 다리를 삐었나 봐."

이번에는 고니가 잽싸게 달려가 아진을 일으켜 세웠다. 아진이 불쌍한 표정으로 말했다.

"초면에 실례가 많다. 아무래도 혼자서 산을 내려가는 건 힘들 것 같아. 미안하지만 너희가 날 우리 집까지 바래다주면 안 될까?"

아비가 난처한 표정을 지었다. 고니가 자기 배를 쓰다듬으며 말했다.

"그러고는 싶은데 말이야, 우리가 새참을 먹지 못해서 배가 몹시 고프다."

"걱정 마라. 날 데려다주면 진수성찬을 대접할 것이니."

아진의 말을 듣자마자 고니가 빙그레 웃으며 말했다.

"우리야 좋지! 그렇지, 아비야?"

아비는 아무 말도 할 수 없었다. 아비에게 사비성은 절대로 가면 안 되는 금단의 땅이었기 때문이다. 몇 년 전에 형이 와공이 되기 위해 사비성으로 떠날 때, 자기도 가겠다고 떼를 썼다가 아버지의 호된 꾸지람을 들었던 적도 있었다.

"나와 아소가 떠나면 집안에 사내라곤 네 녀석 하나뿐인데, 너마저 없으면 집안의 험한 일은 누가 하느냐? 사비성 근처에는 얼씬거리지 말고 농사일이나 잘 배워라."

아비가 아버지의 말을 되새기며 씁쓸한 표정을 지었다. 그때 고니가 귓속말을 했다.

"우리 이거 비밀로 하자. 혹시 들키면 저 녀석 핑계를 대면 될 거 아냐."

고니의 속삭임은 달콤했다. 그 말을 듣자마자 용기가 생겼다. 고니가 아진의 왼쪽 팔을 잡자 아비가 성큼성큼 걸어가 아진의 오른쪽 팔을 자신의 어깨에 둘렀다.

산을 내려가는 동안 고니가 아진에게 물었다.

"사비성의 귀족 도련님이 뭐가 아쉬워서 여기까지 와서 산삼을 찾았대?"

"어머니께서 심한 기침병을 오랫동안 앓고 계시거든. 난 백제 최고의 의박사가 되어서 어머니 병을 꼭 고쳐 드릴 거야."

아진의 이야기를 듣고 아비는 마음이 아팠다. 아버지를 원망하기만 했던 자신이 부끄러워졌다.

이렇게 아비와 아진 그리고 고니, 세 친구의 이야기가 시작되었다.

2. 사비성, 운명의 부름

아비가 사비성 안으로 들어갔다. 꿈에 그리던 별세계에 발을 디뎠다. 기와집마다 드높은 처마는 하늘을 향해 뻗어 있었고 수막새에는 연꽃, 사람 얼굴, 도깨비가 저마다 다른 모양으로 새겨져 있었다.

"어이! 저리 비켜라."

누군가 소리를 질렀다. 화려한 비단으로 장식한 마차 한 대가 아비 일행의 곁을 아슬아슬하게 스쳐 지나갔다. 큰길 양쪽 가장자리에는 평평하고 모난 돌로 마무리한 도랑이 있어서 빗물이나 사비성에서 쓰고 버린 물이 그대로 빠져나갔다.

이윽고 관청이 즐비한 큰 거리가 나왔다. 그 길에는 자갈 대신 아름다운 판석이 깔려 있었다. 아비는 눈을 들어 부소산을 보았다. 그 아랫자락에 어라하가 계시는 궁궐이 있고 남쪽으로는 큰길이 시원하게 뚫려 있었다. 그 가운데에 백제의 국찰인 정림사가 있고 우뚝 솟은 목탑이 서 있었다. 그 목탑을 중심으로 남쪽으로는 곡부과 육부, 약부와 목부와 같은 관청들이 뒤를 이었으며, 길 뒤쪽으로는 무기와 거울을 만드는 상방과 유리 공방이 들어서 있었다. 그 옆에는 기와와 벽돌, 도자기를 만드는 조와소가 있었다.

"아비! 여기가 바로 조와소야. 잠깐 들러 아소 형을 만나 볼래?"

아무것도 모르는 아진이 밝은 목소리로 말했다. 아비가 고개를 푹 숙이며 말했다.

"아, 아니……. 너만 데려다주고 그냥 갈게. 괜히 방해만 될 거야."

잠시 후, 살림집들이 빽빽이 들어선 골목길에 들어서자마자 아진이 크게 소리쳤다.

"이제 다 왔어. 저기, 높다란 기와집이 우리 집이야!"

대문 위에 2층 누각이 불쑥 솟아 있는 집이 보였다.

"도련님! 어쩌다가 다리를 다치셨어요? 당장 의원을 불러야겠네요."

집 안에서 아진의 유모가 뛰어나와 호들갑을 떨었다. 아진이 유모에게 말했다.

"어머니께 드릴 산삼을 캐러 갔다가 넘어졌어요. 이 친구들 아니었으면 정말 큰일 날 뻔했지요. 그러니 제 친구들에게 진수성찬으로 한 상 대접해 주세요."

"당연히 대접을 해야죠. 도련님께서 처음 모셔 온 벗들이신데……."

유모의 말을 들은 아진이 '하하!' 웃으며 아비와 고니를 보았다. 아비는 쑥스러운 듯 머리를 긁었다. 집 안에 들어서자 안심이 되는지 아진이 밝게 웃으며 재잘거렸다.

"너희는 전각에 올라가 맛있는 걸 먹고 있어. 난 어머니를 뵙고 나서 다리에 침 맞고 갈게."

아비와 고니는 2층 누각에서 떡과 은어구이, 가지절임을 대접받았다. 입맛이 없는 아비와는 달리 고니는 쉬지 않고 음식을 먹어 치웠다.

다리 치료를 마친 아진이 마당에서 두 사람을 불렀다.

"아비야! 고니야! 다 먹었으면 내려와. 우리 집 구경시켜 줄게."

아진의 집 지붕은 기왓장 하나 깨진 것 없이 말끔했고 뒷마당에는 큰 우물도 있었다. 이리저리 둘러보던 고니가 갑자기 얼굴을 찡그렸다.

"아! 배야. 저기, 뒷간이 어디 있어? 너무 많이 먹어서 배 속이 난리가 났어."

"저어기 마구간 옆으로 가 봐. 뒷간은 거기 있어."

고니가 뒷간으로 뛰어갔다.

아비가 아진에게 조심스레 물었다.

"아진아, 네 아버지도 박사님이셔?"

"아니, 무장이셨어."

"그럼 장군님?"

"응, 그런데 내가 아기일 때 돌아가셨어. 신라와의 전쟁으로."

아진의 얼굴이 굳었다. 아비는 괜한 걸 물었나 싶었다.

"미, 미안해."

"괜찮아. 난 돌아가신 아버지가 늘 자랑스러운걸……. 그런데 이제 뭐 하고 놀까? 뒷마당에서 저포(윷놀이)를 할 수 있는데 보다시피 내 다리가 이래서 안 되겠고, 우리 사랑채에 가서 바둑이라도 둘까?"

"바둑이 뭐야?"

"바둑은 말이야, 몸이 아닌 머리를 쓰는 놀이인데 어른들이 더 좋아하지. 따라와! 할아버지 사랑채에 아주 귀한 바둑판이 있어."

아비는 아무 생각 없이 아진을 따라갔다가 그곳이 목라수 박사의 서재인 것을 알고 깜짝 놀랐다. 방 안에는 조금 전까지 누군가 먹을 갈고 있었던 것처럼 먹 향기가 짙게 배어 있었다. 아비는 그 향이 좋아서 '흐흠!' 하고 숨을 크게 들이마셨다. 형 아소가 글씨 연습을 할 때 맡았던 향기였다. 아비는 사실 형이 가르쳐 준 자기 이름, 아비(阿非)와 하늘 천(天), 땅 지(地) 두 글자밖에 모르는 까막눈이었다.

"여기 재미있는 책이 많은데 한번 둘러봐. 나는 고흥 박사께서 지으신 역사책을 제일 좋아해. 《서기》라는 책인데 한성이 백제의 도읍이던 시절을 자세히 기록해 놓았어. 어디, 네가 볼만한 책이 있을 것 같은데……. 그게 좋겠다. 《천자문》, 네 앞에 있는 책!"

아비는 얼떨결에 아진이 말하는 책을 집어 들고 마치 읽을 줄 아는 것처럼 뒤적였다.

"지금 책을 거꾸로 들고 있잖아. 솔직히 너 글 모르지?"

아진이 웃으며 말했다. 아비의 뺨이 홍당무처럼 붉어졌다.

"내가 뭐 오경박사를 할 것도 아니고, 글 좀 모르면 어떠냐?"

아비는 지기 싫은 마음에 괜히 큰소리치며 책을 다시 내려놓았다.

"모르면서 큰소리치기는! 우리 할아버지께선 늘 이렇게 말씀하셔. 장인도 글을 배워야 한다고. 와공이든 석공이든 제대로 일을 하려면 글을 알아야 한다고 말이야."

아비는 아진의 말에 아무런 대꾸를 할 수 없었다. 장인이 되는 것도, 공부를 하는 것도 아비에겐 금지된 일이기 때문이었다.

아진이 거드름을 피우며 말했다.

"그 책으로 말할 것 같으면 우리 아버지께서 코흘리개 시절에 보시던 책이야. 물론 아주 오래전, 나도 그걸로 《천자문》을 뗐지. 아비야, 그 책 너 줄게."

"나 준다고? 저, 정말?"

아비는 종이로 만든 책을 만져 본 적도, 가져 본 적도 없었다.

"진짜? 이거 내가 가져도 되는 거 맞아?"

"그래. 모르는 게 있으면 나한테 물어봐. 내가 이래 봬도 사서삼경을 다 뗐거든."

아비는 얼른 《천자문》 책을 품속에 넣었다.

아진이 선반 아래쪽에서 비단 보자기에 덮인 바둑판과 바둑알이 들어 있는 나무통을 꺼내 탁자 위에 올려놓으며 말했다.

"우리 할아버지께선 금마저(지금의 전라북도 익산)에 가셔서 사흘 뒤에나 오실 거야. 할아버지께서 안 계실 때마다 난 여기서 몰래 책을 보거나 혼자 바둑을 두곤 해."

아진이 바둑판을 덮은 비단 보자기를 조심스럽게 걷었다. 까맣게 옻칠을 한 매끈한 바둑판이 나타났다. 바둑판에는 은색 선이 격자 모양으로 그어져 있었다. 한눈에 보기에도 엄청나게 귀한 물건 같았다.

"이게 비자나무에 소나무 판을 얹은 귀한 바둑판이야. 우리 할아버지께서 정림사 목탑을 완공하셨을 때, 어라하께서 상으로 내려 주셨어."

아진이 바둑판의 모점에 아홉 개의 흑돌을 얹었다. 아비는 어느새 빠른 눈썰미로 바둑판 위의 모점을 세고 있었다.

아진이 말했다.

"내가 너를 위해 아홉 점을 깔았으니까 훨씬 쉬울 거야. 잘 봐! 이렇게 흰 돌이 검은 돌을 잡으면 집을 뺏고, 반대로 검은 돌이 흰 돌을 둘러싸면 또 뺏고. 알겠지?"

"삼백육십일! 모두 삼백육십일이야."

"그게 무슨 소리야?"

아비가 눈을 반짝이며 바둑판을 위아래로 살폈다.

"남북으로 열아홉, 동서로 열아홉 개의 줄이 만나고 있어. 그렇게 만들어진 점이 삼백예순하나야. 선과 선이 맞닿으면서 생긴 반듯한 네모는 삼백스물네 개. 맞지?"

"뭐, 뭐야? 바둑이 뭔지도 모른다면서 모점 개수는 어떻게 안 거야? 《천자문》도 모른다면서 산술은 배운 거야? 덧셈, 뺄셈, 곱셈 같은 거 말이야."

"산술 같은 건 몰라. 그냥 아버지나 형이 셈을 할 때 옆에서 거들었을 뿐이야."

아진은 크게 놀랐지만 짐짓 태연한 척하며 볼멘소리를 했다.

"아무래도 어라하께서 내려 주신 귀한 물건이니까 안 건드리는 게 좋겠어."

아진이 주섬주섬 바둑판을 정리했다.

아비는 돕고 싶은 마음에 탁자 구석으로 밀쳐 두었던 두루마리 몇 개를 들어 제자리에 놓았다. 그러다 두루마리 하나가 툭 굴러떨어졌다. 아비가 그 두루마리를 재빨리 주워 탁자 위에 올려놓았다.

"후유. 큰일 날 뻔했네."

그런데 두루마리의 끈이 갑자기 풀리면서 아름다운 목탑 그림이 나타났다. 땅 위의 기단부터 돌계단, 대들보와 기둥, 지붕과 뾰족한 노반(탑 꼭대기 층에 있는 머리 장식 받침)까지, 완벽한 모습의 목탑이었다.

"아비야! 아진아! 어디 있어?"

밖에서 고니가 큰 소리로 친구들을 부르고 있었다.

"아! 저렇게 큰 소리로 부르면 어떡해? 여기 있는 거 다 들키겠다."

아진이 급하게 몸을 일으키며 아비에게 속삭였다.

"아비야, 너도 그거 빨리 정리하고 나와."

아비는 목탑이 그려진 그림을 뚫어져라 보았다.

'처음에는 정림사 목탑인 줄 알았는데……, 달라. 이 탑이 높이도 더 높고 처마도 더 길어.'

아비가 그림 속 목탑에 빠져 있을 때, 누군가 큰 소리로 호통을 쳤다.

"으흠, 여기가 어딘 줄 알고 들어와 있느냐?"

아비는 깜짝 놀라 고개를 들었다. 자줏빛 관복에 은장식을 단 모자를 쓴 백발의 노인이 자신을 노려보고 있었다. 목라수 박사였다. 그 뒤에서는 아진이 벌벌 떨고 있었다.

"주, 죽을죄를 지었습니다."

아비가 넙죽 엎드려 절을 했다. 목라수 박사는 근엄한 표정으로 아비를 내려다보았다. 아진은 안절부절못하더니 아비를 위한 변명을 늘어놓았다.

"하, 할아버지! 빨리 오셨네요. 얘는 아비예요. 《천자문》도 읽을 줄 모르는 아이인데 제가 보여 줄 게 있어서 데리고 왔어요. 참! 아비가 바로 아소 형 동생이래요."

아진의 말을 들은 목라수 박사가 놀란 듯, 눈을 크게 뜨더니 아비에게 물었다.

"그렇다면 네가 와공 연담의 둘째 아들이냐?"

"그, 그렇습니다."

"네가 본 게 무엇인 줄 아느냐?"

"제가 아는 탑은 정림사 목탑밖에 없습니다. 하지만 이 그림 속 탑은 정림사 목탑과는 다릅니다."

아비의 대답을 듣고 목라수 박사가 잠시 생각하더니 다시 물었다.

"뭐가 다른 것 같으냐?"

"7층인 정림사 탑보다 훨씬 높습니다. 적어도 9층은 되는 듯합니다. 꼭대기의 솟은 용 모양 장식도 그렇고, 처마도 훨씬 길게 뻗은 것 같습니다."

아비는 벌벌 떨면서도 그림에 대한 감상을 조곤조곤 이야기했다. 목라수 박사가 아비를 지그시 바라보며 말했다.

"짧은 시간 동안 제법 자세히 봤구나. 그만 나가 보거라."

아비가 크게 절을 하고 자리를 뜨려고 하는데 목라수 박사가 다시 아비를 불렀다.

"아비야, 바닥에 떨어진 책은 네 것이 아니더냐?"

아진이 준 《천자문》 책이었다. 아비는 얼른 책을 집어 들고 다시 절을 했다. 목라수 박사는 아비의 움직임 하나하나를 유심히 살피고 있었다.

밖으로 나온 아비가 다리에 힘이 풀린 듯, 그 자리에 주저앉았다. 아진이 걱정스럽게 말했다.

“아까 나오라 할 때 나왔어야지. 할아버지께서 봐주셔서 그나마 다행이다.”

아비가 《천자문》 책을 내보이며 아진에게 물었다.

“이 책, 정말 내가 가져도 되지? 그런데 이걸 누구한테 배운다지?”

“무슨 그런 걱정을 하냐? 나한테 배우면 되지.”

“그럼, 아진 네가 나의 스승님이 되는 거냐? 진짜 나에게 글을 가르쳐 줄 거야?”

아비는 글을 배울 수 있다는 생각에 날아갈 것 같았다. 아진이 힘을 주어 말했다.

“그렇게 하자! 고니, 너도 함께할 거지?”

“난 《천자문》 안 배워도 되는데……. 대신 재밌게 놀아 줄 순 있지.”

“그럼, 글을 배우든 안 배우든 고니도 같이 만나는 거다.”

아비와 고니, 아진 이렇게 세 소년은 앞날을 기약하며 작별 인사를 했다.

아진의 집을 나오자마자 아비가 어딘가로 거침없이 걸어갔다.

"아비야, 어디 가? 같이 가자!"

고니가 아비의 뒤를 허겁지겁 따라갔다.

목적지는 정림사 목탑이었다. 아비는 정림사 목탑을 한참 동안 올려다보았다. 꼭대기 층에 올라가면 세상이 어떻게 보일지, 어떻게 저 높은 곳까지 기둥을 세우고 처마를 올렸는지, 목라수 박사 방에서 본 목탑은 어디에 있는 탑인지, 아비 머릿속에 궁금증이 꼬리에 꼬리를 물었다.

아비는 누군가 그 해답을 알려 주면 참 좋겠다고 생각했다.

3. 아버지의 귀향

서기 630년, 아비와 아진이 만나고 어느덧 1년의 시간이 흘렀다. 아비는 열네 살이 되었다. 그동안 키가 한 뼘 가까이 자랐고 이목구비도 제법 사내다워졌다.

시원한 산들바람이 부는 봄날이었다. 아비는 나성 위에 올라가 책을 보고 있었다.

"고니야, 오늘은 아진이가 좀 늦는구나. 오늘 《논어》를 시작하기로 했는데."

아비가 책을 덮으며 중얼거렸다. 고니가 짜증을 냈다.

"치, 《천자문》만 끝나면 신나게 놀 줄 알았더니, 이번엔 《논어》라고? 내가 너 글공부하는 거 감추느라 얼마나 힘들었는지 알아?"

"당연히 알지. 그래서 우리가 죽마고우 아니겠냐!"

모든 것이 편안한 시절이었다. 아비와 고니는 아진에게 글을 배우고 함께 사비성 여기저기도 누볐다. 그동안 폭풍우가 잦아서 배가 뜸했는데, 이제 날씨도 좋고 바람도 적당하니 왜나라에서 배가 들어오기 쉬울 터였다. 아비는 왠지 불안해졌다. 아버지가 돌아오면 지금 누리고 있는 행복이 사라질 것이다. 답답한 마음에 아비는 눈앞에 그림처럼 펼쳐진 사비성을 내려다보며 아진의 집을 찾아보았다.

"중부 후항."

아비가 중얼거렸다. 고니가 이상하다는 듯이 물었다.

"그게 뭐야?"

"아진이 사는 집 위치."

"어? 그런 말이 있어?"

"사비성은 상·중·하·전·후 다섯 개의 부와 그 아래 다섯 개의 항으로 나뉘어 있거든."

아비가 열심히 설명을 해도 고니는 무슨 소리냐며 알아듣지 못하고 답답해했다. 아비는 나뭇가지를 들고 땅바닥에 커다란 네모를 그렸다. 그러고 나서 한 치의 망설임도 없이 부소산성과 궁궐, 그 아래로 뻗어 있는 큰길을 기준으로 작은 길 여러 개를 그렸다.

"자, 이게 사비성이라고 치면 말이야. 여기서부터 여기까지가 상부와 하부, 여기가 중부란 말이야. 이쪽이 후항이고."

"아, 그러니까 여기가 아진이네 집이란 거지."

고니가 그건 알겠다며 고개를 끄덕였다.

"웬 놈들이냐?"

갑자기 창을 든 군인들이 나타났다.

아비가 앞으로 나섰다.

"저, 저희는 산 아래 매골에 사는 아이들입니다."

"여긴 사비를 방어하는 군사시설이다. 조무래기들의 놀이터가 아니란 말이다."

"조무래기요? 우리도 나이를 먹을 만큼 먹었어요. 농번기엔 부역까지 나간다고요."

고니가 발끈하자 나이가 지긋해 보이는 군인이 타이르듯 말했다.

"요즘 세작(다른 나라에서 숨어 들어온 첩자)들이 사비성을 염

탐한다는 첩보가 있어 그러니 너희도 조심해라."

군인들이 겨누던 창을 거두려고 할 때였다. 뒤에서 걸어오던 병사 한 명이 아비가 조금 전 땅바닥에 그린 그림을 보고 소리를 질렀다.

"이 녀석들 수상합니다! 땅바닥에 사비성 지도가 그려져 있습니다!"

아비가 황당하다는 듯 따졌다.

"그게 어떻게 지도입니까? 그냥 사비성에 사는 친구 집을 찾아보려 그린 것입니다."

"시끄럽다. 무슨 애들 그림에 궁궐과 정림사 위치, 관청 위치까지 이렇게 정확히 그려져 있느냐? 이 녀석들을 관아로 끌고 가라."

졸지에 관아로 끌려갈 지경이 되자 고니와 아비는 악을 쓰며 저항하기 시작했다.

"울 아버지 좀 불러 줘요. 매촌 촌장이 우리 아버지라니까요. 아악!"

"땅바닥에 그림 좀 그렸다고 끌고 가는 법이 어딨어요?"

그때, 산 아래쪽에서 쩌렁쩌렁한 목소리가 들렸다.

"아니, 수리할 곳이 있는지 둘러보라 했더니 여기서 뭐 하는 건가?"

자주색 관복을 입은 목라수 박사가 목부 장인 몇 명과 함께 걸어왔다. 그 뒤를 아진이 헐레벌떡 뒤따라왔다. 군인들이 무기를 거두고 정중하게 인사했다.

"달솔 대감. 이 녀석들이 세작에게 넘길 정보를 땅바닥에 이렇게 그려 놓았습니다."

군인이 진지한 표정으로 말했다. 그 말에 목라수 박사가 화를 냈다.

"애들이 낙서를 한 걸 가지고 웬 호들갑인가! 당장 가서 수리할 곳이나 더 찾아보게."

목라수 박사의 호통에 놀란 군인들이 아비와 고니를 풀어 주고 떠났다.

"도대체 뭘 그려 놓았기에 세작으로 의심받는단 말이냐?"

목라수 박사가 땅바닥을 내려다보고는 심각한 표정을 지었다. 박사 얼굴을 보고 아비는 가슴이 철렁 내려앉았다.

"군인들이 오해할 만하구나. 낙서라고 보기엔 사비성의 구조가 제법 정확해!"

그 말이 꾸지람인지 칭찬인지 몰라서 아비는 혼란스러웠다.

"네가 잘못한 거 없다. 눈썰미가 좋은 걸 누굴 탓하겠느냐? 그나저나 얼마 전에 왜에서 기별이 왔다. 백제 장인들이 왜나라에서 곧 돌아올 예정이라는구나."

목라수 박사의 말에 아비가 화들짝 놀라 물었다.

"네? 그럼, 저희 아버지도 돌아오시나요?"

"그래. 이틀 후, 해거름 녘에 장인들이 타고 오는 백제선이 구드래 나루터에 도착한다고 하더구나. 너는 집에 가서 이 소식을 알리고 어머니를 나루터로 모시고 오거라."

아비가 풀죽은 목소리로 말했다.

"전, 못 갑니다. 아버지는 제가 나루터에 오는 걸 싫어하실 겁니다."

"괜찮다. 걱정하지 말고 구드래 나루터에 꼭 나와야 한다. 알겠느냐?"

"네."

아비는 집에 돌아가서 어머니에게 아버지의 귀환 소식을 알렸다.

"아까 나성에서 목라수 박사님을 뵈었는데 아버지께서 이틀

후에 돌아오실 거라는 기별이 왔답니다."

"그게 참말이더냐?"

"네. 박사님께서 저더러 어머니를 모시고 나루터에 꼭 나오라 하셨어요."

어머니가 말없이 아비를 한참 보더니 덥석 아비의 손을 잡았다.

"그래. 아비야, 우리 함께 아버지 마중을 나가자."

다음 날, 어머니는 밤새도록 새 옷을 지었다. 아비는 그 옷이 아버지를 위한 것이라 생각하고 잠이 들었다. 그런데 아침 밥상 옆에 아비의 새 옷이 놓여 있었다.

"그 옷 입고 오늘 나루터에 가자. 그동안 변변한 옷 한 벌 못 해 줘서 미안했다."

"어머니."

아비는 목이 메어 말을 잇지 못했다. 어머니가 아비를 지그시 바라보며 당부를 했다.

"오늘 나루터에 가면 목라수 박사님도 계실 것이고, 백제의 내로라하는 장인들도 다 모일 것이다. 와공 연담의 아들로 처음 선을 뵈는 것이니 단정하게 보여야 한다."

예상대로 구드래 나루터는 사람들로 북적였다. 자주색과 붉은색 비단옷을 입은 관리들이 나루터에 들어오고 있었다. 목라수 박사도 그들과 함께였다.

어머니가 목라수 박사에게 깍듯하게 인사했다.

"배운 게 없어 천방지축인 아비를 너그러이 대해 주셔서 감사드립니다."

목라수 박사가 너털웃음을 지으며 말했다.

"허허. 천방지축이라니 당치 않소. 몇 번 본 적이 있는데 제법 총명하더이다. 그래서 아비를 금마저 공사 현장에 데리고 가서 심부름이라도 시켜 볼까 하는데……."

"박사님! 당치도 않은 말씀이십니다. 애들 아버지가 안 된다고 할 것입니다."

"걱정 마시오. 내가 잘 설득해 보겠소."

목라수 박사와 어머니의 대화를 듣고 있던 아비는 깜짝 놀랐다. 그야말로 아비에게 일생일대의 기회가 다가오는 순간이었다.

둥, 둥, 둥!

큰 북이 울렸다. 사람들이 웅성대며 포구에 모여들었다. 커다란 백제선이 기나긴 항해를 마치고 구드래 나루터에 도착하고 있었다.

하선이 시작되었다. 왜나라에 불법을 전한 큰스님과 유교 경전을 가르치고 돌아오는 오경박사의 뒤를 이어 아버지 연담이 내렸다. 어머니와 아소 형이 아버지에게 달려갔다. 아비는 뒤로 슬그머니 빠졌다.

"아비야! 이리 오너라. 아버지께 인사해야지."

어머니가 아비를 불렀다. 아버지가 아비를 보고 말했다.

"몰라보게 컸구나."

"그동안 아비가 《천자문》도 떼고, 이젠 《논어》를 배운다지요. 산술은 저보다도 잘해요."

아소 형이 자랑스럽다는 듯 말했다. 아버지가 이마를 찌푸리고는 물었다.

"도대체 누구한테 배웠단 말이냐? 집에 책도 없을 텐데……."

"목라수 박사님 손자, 아진이 도와주었습니다."

아소 형이 아비를 대신해서 말했다.

"목라수 박사님의 손자라니……."

아버지가 그렇게 중얼거리며 인상을 찌푸리는 순간, 와공 여러 명이 아버지를 찾아왔다. 반가운 인사말이 오가는 틈을 타 아비는 뒤로 빠졌다.

잠시 후, 와공 연담이 그동안의 공을 인정받아 와박사 직함을 받게 될 거라는 기쁜 소식이 들렸다. 거기에 더해 사비성 안에 작은 기와집도 하사받게 되었다. 아버지의 오랜 노력이 결실을 맺는 순간이었다. 밤새 잔치를 할 만큼 기쁜 소식이었지만, 오랜 항해로 피곤한 아버지는 집에 오자마자 간단히 요기를 한 뒤 일찍 잠자리에 들었다.

다음 날 아침, 아버지는 궁궐에서 어라하가 베푸는 연회가 있으니 참석하라는 연락을 받았다. 아버지의 의복을 챙기면서 어머니가 조심스럽게 이야기를 꺼냈다.

"나루터에서 목라수 박사님을 뵈었습니다. 금마저에 큰 절을 짓고 있다면서요?"

"그렇소. 어라하 고향에 미륵보살의 뜻을 펼치기 위해 엄청난 공사를 벌이고 있어. 나도 며칠 후에 그곳으로 갈 예정이오."

아버지가 무심하게 말했다. 곁에 있던 아비가 잔뜩 긴장하며 이야기를 들었다. 어머니가 조심스럽게 입을 뗐다.

"목라수 박사께서 아비를 좋게 보셨나 봅니다. 이번에 금마저에 데려가 심부름이라도 시켜 보신다 하셨어요."

어머니의 말에 아버지가 화들짝 놀랐다.

"뭐요? 그래서 어찌 대답했소?"

"그냥 당신과 상의해 보겠다고 말씀드렸지요."

아버지가 아비를 노려보았다. 아비는 아버지의 매서운 눈빛에 놀라 딸꾹질이 나왔다.

"그동안 뭘 하고 다닌 것이냐? 내가 얌전하게 농사일이나 배우라고 하지 않았어?"

아버지의 말에 어머니가 발끈했다.

"아비는 그동안 글도 못 배우고 천둥벌거숭이처럼 살았어요. 그저 땔감이나 줍고 부역이나 나갔지요. 그런데 저 혼자 힘으로 글을 익히고 목라수 박사님 눈에도 들었어요. 칭찬을 해도 모자랄 판에 왜 화를 내십니까?"

평소 조용한 성품인 어머니가 화를 내자 모두 놀랐다. 아버지가 혀를 차며 말했다.

"쯧쯧. 도대체 내가 없는 사이에 집안 꼴이 어찌 된 것이냐?"

아버지는 옷을 차려입고는 뒤도 돌아보지 않고 길을 나섰다. 어머니는 맥이 풀린 듯 그 자리에 주저앉았다. 아비는 고개를 숙이고 조용히 눈물을 흘렸다.

저녁이 되었다. 연회가 열리는 사비궁은 밝은 불빛으로 물들기 시작했다. 화려한 공연이 펼쳐진 뒤, 백제 무왕이 위풍당당한 기세로 나타나 왜에서 돌아온 장인들을 치하했다. 이어서 궁녀들이 온갖 산해진미를 내왔다.

연회가 끝날 즈음, 목라수 박사가 조용히 연담을 불러냈다.

"연담. 이제 와박사 연담이라 해야겠군. 그동안 고생이 많았네."

"박사님의 은혜를 어찌 갚아야 할지 모르겠습니다. 나무꾼의 아들로 태어나 도끼질만 배우던 저에게, 와공이 되는 길을 열어 주시지 않으셨습니까."

연담이 머리를 조아리며 말했다. 그러자 목라수 박사가 화들짝 놀라며 손사래를 쳤다.

"아니야! 길은 내가 알려 줬다 해도 그 길을 뚜벅뚜벅 걸어온 사람은 자네가 아닌가? 그나저나 자네 아들 아비가 남다르던데 왜 그리도 꼭꼭 숨겨 두고 있었던 것인가?"

목라수 박사의 질문에 연담은 잠시 머뭇거리더니, 조용히 마음속 이야기를 꺼냈다.

"사실은 아비가 태어나던 날에 아주 흉한 꿈을 꾸었습니다."

연담이 나지막한 목소리로 꿈에서 본 것을 이야기했다. 벼락을 맞고 추락하는 용, 불에 탄 매 이야기. 큰스님의 불길한 예언도 덧붙였다. 잠자코 듣고 있던 목라수 박사가 호통을 쳤다.

"이런 어리석은 사람이 있나. 날이 흉하니 꿈자리도 뒤숭숭했겠지. 어찌 장인이 되어 가지고서 꿈 하나로 아이의 장래를 막는가?"

목라수 박사의 호통에 연담은 머리에 벼락을 맞은 것처럼 정신이 번쩍 들었다.

"박사님! 제가 어리석었습니다."

연담이 고개를 조아리며 말했다. 목라수 박사의 표정이 누그러졌다.

"연담, 어라하께서 고향인 금마저에 새 도읍을 열고 계시는 건 알고 있겠지?"

"네, 왜나라까지 소문이 자자합니다. 사흘 뒤에 저도 금마저로 가서 미륵사에서 쓸 기와를 생산하고, 금당(불상을 모셔 놓은 건물)에 기와를 올리는 작업을 하기로 되어 있습니다."

"미륵사는 지금까지 보지 못한 거대한 절이 될 거야. 난 그곳에 아비를 데려가겠네."

"아비가 할 줄 아는 게 아무것도 없지 않습니까?"

"아비는 내 사동(관청에서 잔심부름을 하는 아이)이 되어 여러 공방을 돌며 심부름을 하게 될 거야. 이것저것 시켜 보면서 녀석의 그릇을 가늠해 볼 작정이네."

연담은 잠시 생각하더니 조심스레 답했다.

"박사님만 믿고 따르겠습니다. 아비가 마음에 차지 않으시면 그냥 내치십시오."

"걱정 말게. 아비는 아주 잘 해낼 터이니!"

목라수 박사가 웃으며 자리를 떴다. 연담은 그 뒷모습을 보며 생각했다.

'목라수 박사님은 티끌만 한 편견도 없이 사람을 대하시는데, 나는 말도 안 되는 이유로 내 자식의 앞길을 막아서고 있었구나.'

4. 금마저의 장인 마을

대궐에서 연회를 마치고 돌아온 연담이 자는 아비를 깨웠다. 아비는 졸린 눈을 비비고 꿇어앉았다. 연담이 차갑게 말했다.

"목라수 박사님을 따라 금마저에 가는 걸 허락하마. 하지만 그곳에 도착하는 순간부터, 너는 내 아들이 아니다. 그저 심부름을 하러 온 일꾼일 뿐이야."

"걱정 마세요. 저도 그곳에서 아버지의 아들이고 싶지 않습니다."

아비가 고개를 똑바로 들고 연담을 쏘아봤다. 아버지와 아들의 시선이 날카롭게 부딪쳤다. 연담은 아들의 원망스러운 눈빛에 마음이 저려 왔다.

사흘 후, 연담과 아비는 형과 어머니의 배웅을 받으며 함께 길을 나섰다. 고니가 주먹밥 몇 개를 싸 들고 집 앞에서 기다리고 있었다.

"아비야! 나도 농사일 배우는 거 때려치우고 너 따라가고 싶어."

"고니야, 괜히 부모님 걱정 끼치지 말고 편하게 있어. 나 없다고 울지 말고!"

고니와 아비가 헤어지는 걸 아쉬워하고 있는데 아버지 연담이 재촉을 했다.

"어서 가자. 나루터에서 배가 기다린다. 배에서 내려도 한참을 걸어야 할 것이야."

나루터에는 목라수 박사와 아진이 나와 있었다. 아진이 책 보따리를 내보였다.

"네가 간다 하여 나도 따라나섰다. 저번에 전해 주려던 《논어》 책도 챙겨 왔다고."

아비 일행이 탄 배가 강을 따라 내려갔다. 시원한 강바람이 아비 머리칼을 휘날렸다. 강을 따라 백제의 너른 들판이 펼쳐졌다. 배에서 내리고도 한참을 걸어서 해가 질 무렵, 미륵산 남쪽 산기슭에 있는 장인 마을에 도착했다.

금마저의 장인 마을은 생각보다 북적거렸다. 해가 저물어도 장인 마을 사람들은 함께 밥을 먹고 노래하며 왁자지껄했다. 그 사이를 어린아이들이 술래잡기를 하며 뛰어다녔다.

장인 마을에는 와박사, 노반박사와 더불어 목공, 석공, 화공의 우두머리인 도편수들의 숙소가 따로 마련되어 있었다. 미륵사 건축을 책임지고 있는 달솔 목라수 박사는 마을의 중심부에 있는 가장 큰 집에 머물고 있었다. 아비는 목라수 박사 댁 바깥채에 머무르기로 했다.

아비는 자기의 봇짐을 어디에 두어야 할지 몰라 뒷마당에서 서성이고 있었다. 그때 담장 밖에서 웃음소리가 들리더니 아진이 어떤 소녀와 함께 나타났다.

소녀가 아비에게 물었다.

"네가 아비니?"

"그, 그런데. 누구……?"

처음 보는 소녀가 자기의 이름을 부르자 아비는 무척이나 당황스러웠다.

"나는 보리야! 목공 만노의 딸."

보리가 카랑카랑하게 말했다. 아비는 보리의 눈망울을 보고 가슴이 뛰었다.

'어떻게 저렇게 크고 예쁜 눈을 가진 아이가 있을까?'

질끈 묶어 올린 머리와 바지를 입은 모습은 언뜻 사내아이처럼 보였지만, 반짝거리는 눈망울과 웃을 때마다 두 볼에 생기는 보조개가 정말 어여뻤다.

"둘이 아는 사이야?"

아비가 아진에게 물었다. 아진이 싱글벙글 웃으며 말했다.

"알다마다! 코흘리개 시절부터 소꿉장난하던 사이라고."

보리가 무표정한 얼굴로 아비에게 말했다.

"아비야, 목라수 박사님께서 널 공방 여기저기로 데리고 다니면서 일도 가르치고 일감도 주라고 하셨어."

"아, 그렇……."

아비의 대답이 끝나기도 전에 보리가 빠른 속도로 이야기를 늘어놓았다.

"나는 여기서 나고 자랐어. 와공, 석공, 목공 할 것 없이 공방 사정에는 훤해. 장인 마을에 누가 살고, 누가 떠나는지도 꿰고 있지. 네가 오기 전에는 목라수 박사님 심부름도 내 담당이었어. 특기는 목각이야. 참! 아비, 네가 박사님 먹을 갈아 드릴 거라며? 그것도 얼마 전까지 내가 하던 일이다."

아비가 고개를 끄덕였다. 보리가 아비의 짐을 위아래로 훑어보았다.

"일단 그 꼬질꼬질한 보따리부터 풀어야겠다. 네가 쓸 방을 보여 줄게."

아비와 아진이 짐을 들고 보리를 따라갔다. 목라수 박사가 머물 본채의 뒤쪽에 아비가 머물 바깥채가 있었다.

"아비는 내일 아침 일찍 조와소에 가야 하니까 쉬도록 해."

보리는 아비에게 내일 할 일 몇 가지를 이르더니 바쁘다며 사라져 버렸다.

"아무튼 금마저에서 제일 바쁜 사람은 보리일 거야."

아진이 이부자리 위에 누우며 투덜거렸다. 아비는 괜히 아진을 놀려 댔다.

"아진이 너, 여기 온 게 보리 재 보려고 그런 거 아냐?"

"뭔 소리야? 할아버지께서 낯선 곳에 너 혼자 두면 안 된다 하셔서 따라온 거야."

"진짜? 목라수 박사님께서?"

아비가 왠지 믿지 못하겠다는 듯 고개를 저었다. 그러자 이번에는 아진이 아비를 놀려 댔다.

"너야말로 보리에게 반했나 봐? 아까부터 자꾸 보리 얘기만 하고 있잖아. 하긴, 보리처럼 예쁘고 똑똑한 처자는 만나기 쉽지 않지. 에구. 보리가 신라 사람만 아니었으면 참 좋았을 텐데 말이야."

"신라 사람? 그게 무슨 소리야?"

아비가 화들짝 놀라며 물었다. 아진이 새삼 놀랄 일이 아니라는 듯 말했다.

"너는 모르겠구나. 보리 아버지, 그러니까 만노 아저씨는 원래 신라 사람이야. 돌아가신 선화 왕비님께서 신라 공주셨던 건 알지? 왕비님께서 살아 계실 때 미륵사 공사를 도우라며 신라왕이 장인 백 명을 보냈는데 그때 보리 아버지도 오셨대. 그런데 왕비님께서 병으로 돌아가시자, 신라 장인들이 모두 돌아간 거야."

아비는 처음 듣는 놀라운 이야기에 궁금증이 일었다.

"그런데 왜 만노 아저씨는 신라로 돌아가지 않았어?"

"으응. 만노 아저씨가 백제 여인과 혼인을 했는데 보리를 낳자마자 그만 세상을 떠났대. 아저씨는 미륵산 기슭에 보리 엄마를 묻고 젖동냥을 해 가며 보리를 키웠지."

아진은 말을 마치자마자 피곤한 듯 하품을 했다.

"그런 슬픈 사연이 있었구나. 보리란 아이, 겉으로 보기엔 정말 씩씩하던걸."

아비가 중얼거렸다. 어느새 아진은 코를 골기 시작했다.

아비는 밖으로 나왔다. 달은 높게 떠 있고 자귀꽃 향기는 코를 간질였다. 걸음을 옮기다 보니 어느새 목라수 박사가 머무는 본채 앞에 와 있었다.

"밖에 누구냐?"

목라수 박사의 목소리가 들렸다.

"아, 아비입니다."

"잠이 안 오는가 보구나. 이리 들어와서 먹이라도 좀 갈아라."

아비는 조심스럽게 목라수 박사의 처소로 들어갔다. 방 안에는 등불이 여러 개 켜져 있었다. 책상 한쪽에는 글씨가 깨알같이 적혀진 목간 꾸러미가 수북했고, 척 봐도 중요한 문서를 담은 종이 두루마리들이 한쪽에 쌓여 있었다.

박사는 먹빛이 바랜 오래된 책을 읽고 있었다. 아비가 그 책을 뚫어지게 보자 목라수 박사가 빙그레 웃으며 말했다.

"이것은 제나라 때 만들어진 《주례고공기》라는 책이다. 장인들이 성을 쌓고 궁궐을 지을 때 가장 많이 참고하는 책이지."

목라수 박사가 책을 덮어 한쪽으로 밀쳐 놓고는 커다란 종이를 펼쳤다. 이번에는 종이에다 그림을 그리려는 것 같았다.

'무엇을 그리시려는 걸까?'

아비는 기대에 차서 먹을 갈기 시작했다.

"저기에서 짧은 길이의 자를 몇 개 가져오너라."

아비는 '자'가 어떤 물건인지 몰랐다. 하지만 눈치껏 눈금이 그려진 막대기를 찾아서 그중 길이가 짧은 서너 개를 박사에게 건넸다. 박사가 물었다.

"혹시 자를 이용해 본 적이 있느냐?"

"없습니다. 매골에서 저수지 공사를 할 때 어른들이 쓰는 걸 딱 한 번 봤습니다."

아비가 솔직하게 말했다. 목라수 박사가 고개를 끄덕였다.

"음, 그렇구나. 경전을 연구하는 학자에게는 붓과 먹, 벼루와 종이가 가장 가까운 벗이라면, 나 같은 공장(工匠)에게는 눈금이 새겨진 자가 가장 가까운 벗이다. 생각해 봐라. 이런 자가 없었다면 미륵사 같은 거대한 사찰을 지을 수 있었겠느냐?"

목라수 박사는 조금씩 길이가 다른 자들이 각각 고구려척, 남조척, 당척이라 했다. 백제에서는 사찰을 짓거나 탑을 쌓을 때는 길이가 긴 고구려척, 다른 말로는 동위척을 주로 쓴다고도 했다.

그 말을 듣고 아비가 목라수 박사에게 물었다.

"고구려는 백제에겐 한성을 빼앗은 원수가 아닌가요? 그런데 어째서 고구려 이름이 붙은 자를 쓰시는지요?"

"허허. 어째서 쓰긴? 편하니까 쓰지. 비록 지금은 적국이지만 고구려와 백제는 뿌리가 같다. 다른 건 몰라도 대궐이나 절처럼 큰 집을 지을 때는 고구려척이 편하다."

목라수 박사는 종이 위에 자를 대고 뭔가를 그려 나가기 시작했다. 여러 개의 선이 한 곳에서 만났다. 모서리에 둥글기도 하고 모나기도 한 모양들이 생겨났다.

"박사님, 지금 그리시는 게 뭔지 여쭤봐도 될까요?"

"음, 이것은 일종의 비밀 장치라 할 수 있지."

"네에?"

박사의 대답에 아비가 고개를 갸우뚱했다. 목라수 박사가 나지막하게 이야기했다.

"목탑을 높게 쌓기 위해선 층마다 기둥과 보, 지붕의 무게를 균형 있게 떠받칠 수 있어야 한다. 그러면서도 탑이 뒤틀어지지 않아야 하지. 그러려면 기둥과 보, 도리(서까래를 받치기 위해 기둥과 기둥을 건너지르는 나무)를 잇는 결구가 한 틈의 오차도 없이 딱 맞아야 한다. 그 치수와 모양을 따로 그려 넣은 것이니 비밀 장치가 맞지 않겠느냐?"

"잘은 모르겠지만 머릿속에 잘 담아 두겠습니다."

아비가 의젓하게 말했다. 목라수 박사가 기특하다는 듯 웃었다.

"허허. 머릿속에 잘 넣어 두어라. 누가 백제의 기술을 훔쳐 간다 해도, 머릿속에 들어가 있는 건 못 빼앗아 갈 것이니."

목라수 박사가 농담인지 진담인지 모를 이야기를 끝내고 아비에게 《구장산술》이라는 산술책을 내주었다.

"이 책에 들어 있는 아홉 가지의 산술을 익히면 장인으로서 사물을 제대로 보는 특별한 눈이 생길 것이다."

아비는 산술책을 품에 소중히 지니고 목라수 박사의 방을 나왔다.

아비는 마당 한복판에 서서 높게 뜬 보름달을 올려다보았다. 달이 내뿜는 좋은 기운을 모두 삼킬 것처럼 깊게 숨을 들이마셨다. 잠시 후 눈을 떴다. 눈앞에 보리가 서 있었다. 아비는 소스라치게 놀라 뒷걸음질을 쳤다.

"아악! 보리구나. 놀랐잖아."

"그거 그 책, 목라수 박사님이 주셨나 보다?"

"으응."

보리가 한숨을 푹 내쉬더니 낮은 목소리로 중얼거렸다.

"넌 좋겠다. 사내고, 온전한 백제 사람이라서……. 잘 자라."

보리는 말을 마치자마자 사라졌다.

아비는 보리의 말을 곱씹어 보았다. 어쩌면 자기가 보리의 자리를 빼앗은 건 아닌지, 그래서 자기를 원망하는 건 아닌지 걱정이 되었다.

다음 날, 새벽에 수탉이 홰를 치자마자 마을은 일터로 나서려는 장인들로 북적거렸다. 석공장 염로 아저씨의 부인인 땡이 어머니가 목라수 박사와 아진, 아비의 아침을 차려 주었다. 아진이 밥을 떠먹으며 말했다.

"나는 오늘 할아버지랑 미륵사에 가기로 했어. 거기서 할아버지 심부름을 할 거야. 넌 오늘 공방에서 이것저것 배워야 할 게 많다더라. 내가 없어도 잘해야 한다."

아비는 오늘 미륵사에 가 볼 수 없다는 게 조금 실망스러웠지만 티를 내진 않았다.

"내 걱정은 말아라. 난 여기에 일을 배우러 왔지, 미륵사 구경하러 온 건 아니니깐."

"어, 그러셔? 밖에서 보리가 너를 찾고 있더라. 시킬 일이 많은 것 같던데?"

"그래? 보리가 나를 싫어하는 것 같아. 나만 보면 화를 내거든……."

아비가 걱정스러운 표정을 짓자 아진이 놀리는 듯 말했다.

"하하! 보리 말투가 원래 좀 퉁명스러워. 우리 아비가 겁을 먹었나?"

아비는 어젯밤 일도 있고 해서, 오늘은 어떤 낯빛으로 보리를 대해야 할지 막막했다. 그때 문이 벌컥 열리면서 보리가 방 안으로 얼굴을 들이밀었다.

"아비, 넌 미륵사 못 간다. 금당이랑 목탑에 올릴 기와가 완성될 때까지 조와소에서 꼼짝 말고 허드렛일해야 돼. 얼른 먹고 나와. 밖에서 기다릴게."

보리가 말을 마치자마자 문을 쾅! 하고 닫았다.

아비는 허겁지겁 밥을 챙겨 먹고 집을 나섰다. 대문 밖에서 보리가 기다리고 있었다.

"아비야, 여기선 아침을 그렇게 느긋하게 먹었다간 게으른 일꾼이라고 욕먹는다. 난 오늘 굉장히 바쁘다고. 널 조와소에 데려다주고 미륵사에 가서 부역 오는 일꾼들 명단을 전달해 줘야 해. 오후에는 목공소에 있을 테니까 물어볼 게 있으면 그리로 와."

보리가 걸음을 재촉했다. 아비는 열심히 보리 뒤를 따랐다.

어느새 조와소에 도착했다. 지난봄만 해도 사비성에서 기와를 가져왔는데 무겁기도 하고, 옮기다가 깨지는 일도 많아서 아예 금마저에 큼직한 조와소를 열었다고 했다.

"어서 와! 나는 현무라고 해. 올해 나이 열일곱. 편하게 형이라고 불러."

보리는 아비를 현무에게 넘기고 얼른 자리를 떴다. 아비가 현무에게 조심스레 물었다.

"혹시 새로 오신 와박사님도 와 계신가요?"

아는 척을 말라던 아버지의 당부를 되새기며 아무것도 모르는 것처럼 물었다. 현무가 귓속말로 속삭였다.

"새벽부터 와 계셨어. 새로 오신 와박사님은 굉장히 부지런한 분 같더라."

조와소 마당에는 진흙더미가 산처럼 쌓여 있고, 흙을 다지는 거대한 웅덩이와 커다란 수조, 뜨거운 열을 뿜어내는 가마가 큼직큼직하게 자리 잡고 있었다. 마당을 지나 작업장에 들어서자 이른 시간인데도 많은 사람들이 바쁘게 움직이고 있었다.

현무가 아비를 데리고 큰 건물 안으로 들어갔다. 안쪽에서 아버지 연담이 보였다. 도장처럼 생긴 것을 들고 와공들이 들고 온 기왓장을 검사하고 있었다. 기왓장 하나하나를 유심히 살핀 다음 도장을 찍었다. 드디어 아버지 '연담'의 이름을 새긴 기왓장이 만들어지는 순간이었다.

아비는 아버지가 일하는 모습을 한참 동안 훔쳐보았다. 진지한 표정으로 일에 몰두하는 모습이 멋져 보였다. 갑자기 연담이 고개를 돌려 아비를 보았다. 아비는 깜짝 놀라 고개를 숙였다.

그때 와공 천돌이 아비를 향해 소리쳤다.

"일 잘하는 일꾼을 보내 달라 했더니 키만 크고 비쩍 마른 애송이를 보내셨네. 쯧쯧!"

아비의 얼굴이 붉어졌다. 연담이 현무를 따로 불러서 넌지시 말했다.

"저 아이는 이곳에 얼마 안 있을 거야. 그러니 기술이 필요 없는 허드렛일이나 시키게. 현무, 자네가 저 아이에게 일을 주게나."

연담은 말을 마치자마자 아들에게서 시선을 뗐다. 현무가 아비를 데리고 진흙더미가 잔뜩 쌓인 뒷마당으로 갔다.

"오늘 진흙을 틀에 넣는 작업이 있을 거야. 그 전에 진흙을 모두 다져 놓아야 해."

"우리 둘이요?"

"원래 부역할 사람들이 오기로 했었는데 미륵사에 일이 많아서 다들 거기로 갔어."

현무가 쌓여 있는 진흙을 삽으로 떠 놓으면 아비가 손으로 일일이 만져 가며 돌이 있는지 살펴보았다. 그것을 다시 채에 걸러 곱디고운 가루만 남을 때까지 몇 번을 반복했다. 그렇게 거른 흙을 통에 담고 물을 붓더니 다지기를 시작했다. 현무가 맨발로 흙을 밟으며 노래를 흥얼거렸다. 하지만 아비는 잠시도 쉬지 않고 열심히 했다.

"보기보단 일을 잘하는데? 이제 손발을 씻고 저기 그늘에 앉아 좀 쉬거라."

잠시 후, 와공 천돌이 아비에게 시원한 물을 건넸다. 아비는 그늘에 앉아 쉬는 동안에도 와공들이 기와를 만드는 모습을 관찰했다. 와공들은 다져 놓은 진흙을 네모난 나무통에 담더니 켜켜이 잘라서 납작한 흙판을 만들었다. 그걸 젖은 삼베를 씌운 와통이란 것에 두르고 나서 나무 주걱처럼 생긴 막대로 두들기며 단단하게 만들었다. 그 와통에서 기와만 조심스레 꺼내어 말리면 되는 모양이었다.

현무가 아비에게 젖은 옷을 말릴 겸 뜨거운 가마 앞에서 쉬라고 했다. 잠시 앉아 있는데 깜박 졸았다. 누가 흔들어 깨워서 눈을 떴더니 아버지였다.

"이런! 불 앞에서 잠들면 큰일 난다. 일이 끝났으니 보리랑 숙소로 돌아가거라."

아버지가 아비를 일으켜 주었다. 그 손길이 낯설었지만 따뜻

했다.

아비가 녹초가 된 몸을 이끌고 조와소 밖으로 나와 보니 보리가 기다리고 있었다.

"제대로 한 일도 없다면서, 몰골은 말이 아니구나. 누가 보면 혼자 다 한 줄 알겠어."

보리의 말 한마디 한마디에 가시가 박혀 있었지만 이상하게 기분이 나쁘지는 않았다.

어느새 장인 마을 입구에 다다랐다. 그곳에 키가 크고 훤칠한 사내가 서 있었다.

"아버지!"

보리가 달려가 안겼다. 보리의 아버지, 목공 만노였다. 아비가 얼른 인사를 했다.

"안녕하세요? 저는 아비라고 해요."

"알고 있다. 목라수 박사님께서 특별히 아끼는 아이라 들었다."

아비는 부끄러워서 머리를 긁적였다. 만노의 커다랗고 시원시원한 눈매가 보리와 똑같았다. 보리는 오늘 있었던 일들을 이야기하면서 만노와 함께 집으로 돌아갔다. 아버지와 딸의 다정한 모습을 보며 아비는 부러움을 느꼈다.

숙소로 돌아간 아비는 땡이 어머니가 챙겨 준 저녁밥을 아진과 함께 먹었다. 아진이 준 《논어》 공부는 잠시 미루고 목라수 박사가 준 《구장산술》부터 보기로 했다. 그런데 책에서 다루고 있는 내용이 만만치 않았다. 간단한 셈은 자신 있었는데 문제를 읽고 해답을 찾아내는 건 쉬운 일이 아니었다. 산술책에는 땅의 넓이를 구하는 문제도 있고 물건의 부피를 구하는 문제도 있었다. 제일 신기한 것은 모르는 수의 값을 수식으로 구하는 '방정'이란 것이었다. 아비는 책을 살펴보다가 자기도 모르게 스르르 잠이 들고 말았다.

잠시 후, 연담이 아비의 숙소를 찾아왔다. 연담은 책상에 엎드려서 자는 아비를 이불 위에 눕히고는 조용히 등불을 끄고 방을 나갔다.

다음 날, 아침상에 삶은 달걀이 네 개나 나왔다. 아비는 마침 기력이 달리는 참이었는데 이게 웬 떡인가 싶었다.

아진은 아침을 먹자마자 할아버지인 목라수 박사를 따라 미륵사로 떠났다. 아비는 달걀 하나를 남겼다. 밖에서는 보리가 빨리 나오라며 재촉했다. 아비는 남은 달걀을 집어 들고 밖으로 나갔다. 아비가 보리에게 달걀을 내밀었다.

"이게 뭐야?"

"뭐긴, 삶은 달걀이지. 어제 나 땜에 고생했잖아."

"주니까 받기는 하는데, 나 원래 이런 거 잘 안 먹어."

보리가 심드렁한 얼굴로 말했다. 아비는 보리의 반응에 조금 실망했다.

금마저의 조와소는 미륵사에 보낼 기와를 준비하느라 정신없이 바빴다.

"오늘 미륵사로 들어갈 암키와와 수키와가 몇 장이나 되는가?"

연담이 천돌에게 묻자, 천돌이 일꾼들에게 기왓장 개수를 세어 보라고 시켰다. 그러나 일꾼들이 셀 때마다 그 수가 달랐다. 천돌이 짜증을 냈다.

"이런 답답한 노릇이 있나? 현무야! 내가 어제 열 장씩 묶어 두랬잖아."

현무가 허둥지둥 구구술(오늘날의 구구단)이 정리되어 있는 목간 꾸러미를 가지고 왔다.

"어디 보자. 열두 개씩 열다섯 줄 있으면, 몇 장이지? 목간에 이건 없나 보구먼……."

현무가 땅바닥에 써 가며 열심히 계산을 했다. 그런데 시간이 걸려도 너무 오래 걸렸다. 아비는 모른 척하려다가 도저히 안 되겠다 싶어서 답을 말해 버렸다.

"열두 개씩 열다섯 줄 있으면, 백팔십 장입니다."

그러자 사람들이 모두 아비를 바라보며 그다음 숫자를 기다렸다. 아비는 별거 아니란 표정으로 오늘 나갈 암키와가 오백 장, 수키와가 이백이 장이라는 걸 계산했다. 와공들이 아비의 빠르고 정확한 암산 실력에 감탄했다.

목라수 박사가 데려온 사동이 셈이 빠르다는 소문이 순식간에 퍼지면서 목공방과 석공방에서도 아비를 부르기 시작했다. 아비는 다른 공방에도 가 보고 싶어서 아버지 연담에게 조심스럽게 허락을 구했다. 다행히 내일부터 오전에는 조와소에서 일하고, 오후에는 목공방이나 석공방에 가도 좋다는 허락을 받았다.

몇 시간 후, 연담은 코와 입을 흰 천으로 가린 채 공방 안쪽에 걸려 있는 큰 솥에 이상한 액체를 넣고는 막대로 천천히 저었다. 초록빛이 나는 기와를 제작하기 위해 녹유라는 유약을 만드는 것이라 했다. 아비가 그 모습을 먼발치에서 보고 있는데 현무가 큰 소리로 불렀다.

"아비야! 보리가 조와소 문 앞에서 널 기다리고 있으니 얼른 나가 봐라."

아비가 서둘러 조와소를 빠져나왔다. 보리가 지친 표정으로 서 있었다.

"따라와."

보리가 땅만 보고 바쁘게 걷더니 한참이 지나서 말을 꺼냈다.

"너 미륵사 안 가봤다지? 내가 보게 해 줄까?"

"어떻게? 지금 미륵사까지 갔다 오면 저녁밥을 놓치겠는걸."

"저녁밥 걱정은 하지 말고."

아비는 보리를 따라 마을 뒤의 야트막한 산으로 올라갔다.

"여기서 내려다보면 미륵사가 다 보여."

보리가 아래를 내려다보며 말했다. 아비 눈앞에 미륵사의 웅장한 모습이 펼쳐졌다.

"우아! 무슨 절이 저렇게 크지? 사비성의 궁궐 같아."

아비는 놀라서 입을 다물 수 없었다. 부처님을 모시는 금당은 세 채나 있었는데, 가운데 있는 금당이 나머지 것들의 두 배 정도로 제일 컸다. 미륵사 남쪽 입구인 중문에서 시작되는 회랑(건물과 건물을 연결하는 지붕이 딸린 복도나 통로)은 세 채의 금당까지 커다란 네모를 그리며 연결되어 있었다. 미륵사 한가운데에 자리 잡고 있는 금당 앞에는 높디높은 목탑이 우뚝 솟아 있었다.

"아비야, 저기 저 아름다운 목탑을 봐! 1층 기둥과 보를 우리 아버지가 깎았어."

보리가 손가락으로 목탑을 가리켰다. 아비도 드높은 목탑 지붕에 아버지의 이름이 새겨진 기와가 올라갈 것을 생각하니 가슴이 뿌듯했다.

그런데 좀 이상했다. 처음 보는 미륵사 목탑의 자태가 낯설지 않았다. 그 순간, 목라수 박사의 방에서 봤던 그림이 떠올랐다. 사비성 한가운데에 있는 정림사 목탑보다 높고, 처마도 긴 9층 목탑, 바로 그것이 미륵사 목탑이었던 것이다!

"아비야, 넌 꿈이 뭐니?"

보리가 갑자기 물었다. 아비는 아무 생각 없이 대답했다.

"꿈? 난 꿈을 잘 안 꾸는데……."

"잘 때 꾸는 꿈이 아니라, 앞으로 뭐를 하고 싶다거나 어떤 사람이 되고 싶다거나."

보리의 질문에 아비는 말문이 막혔다. 아비가 보리에게 되물었다.

"그럼 너는 꿈이 있어?"

"원래, 절이나 탑을 설계하고 짓는 조사공이 되고 싶었어. 그런데 그게 불가능한 일이란 걸 얼마 전에 깨닫게 되었지. 난 계집아이고, 백제 사람도 아니니까."

"왜 백제 사람이 아니냐? 어머니도 백제 사람이고 여기서 태어나 자랐는데……."

"나도 그런 줄 알았는데, 아닌가 보더라. 내가 어릴 때 별명이 뭐였는지 알아?"

"글쎄……."

"'반쪽이'였어. 온전한 백제 사람도 신라 사람도 아닌 반쪽이."

보리가 씁쓸한 표정을 지었다. 아비는 위로하고픈 마음에 형 얘기를 꺼냈다.

"우리 형이 그러는데 어라하께서 미륵사를 웅장하게 지으시는 까닭이 삼한일통(삼국통일)을 이루시려 그런 거래. 백제와 신라가 하나가 되면 모두 같은 사람이니까 반쪽이니 뭐니 그런 건 없어질 거야."

"그건 더 싫어. 그럼 전쟁을 해야 하고, 많은 사람들이 죽잖아. 나는 백제 사람이든 신라 사람이든 아무도 죽지도 다치지도 않았으면 좋겠어."

보리가 눈물을 흘렸다. 아비가 곧 따라 울 것 같은 표정으로 말했다.

"미안해. 내가 제대로 알지도 못하고 떠들었어."

"네가 뭐가 미안하니? 그래도 이렇게 마음을 털어놓으니 속이 시원하다!"

보리가 옷소매로 눈물을 닦다가 갑자기 생각난 듯 말했다.

"참. 아침에 준 달걀 잘 먹었어. 앞으론 그러지 마. 와박사님, 아니, 네 아버지께서 어제 땡이 어머니한테 달걀 꾸러미를 드리며 부탁하시는 걸 봤어."

아비는 매정한 아버지가 자기를 위해 달걀을 챙겼다는 말이 믿기지 않았다.

"그분이 우리 아버지인 걸 어찌 알았어?"

“어떻게 알긴……. 척 보면 알지. 밤마다 와박사님께서 네 방을 살피시더라고. 그리고 말이야! 꿈을 한번 가져 봐. 잘 때 꾸는 거 말고!”

보리가 가볍게 산을 내려가기 시작했다. 아비는 멍한 표정으로 그 뒤를 따랐다.

5. 유리구슬

"아비! 나 없다고 징징 짜지 말아라."

아침 일찍 아진이 목라수 박사와 함께 사비성으로 돌아갔다. 아진은 원래 며칠 더 머물 계획이었지만 어머니가 편찮으시다는 기별을 받고 급히 돌아가게 되었다. 목라수 박사는 사비성에 열흘 정도 머물면서 밀린 업무를 볼 것이라고 했다.

덕분에 아비는 저녁 시간을 좀 더 여유롭게 보내게 되었다. 아침 일찍 아진을 보내고 아비는 조와소로 내달렸다. 공방 마당에 초록빛 수막새와 암막새, 서까래기와가 펼쳐져 있었다.

현무가 수레를 끌고 오면서 말했다.

"아비야, 오늘은 나와 같이 왕궁에 있는 유리공방에 좀 다녀

와야겠다."

"네? 거긴 왜요?"

"와박사께서 유리 만드는 데 쓰는 돌가루를 받아 오라셨어."

"유리? 돌가루요?"

"기와 반죽에 유리를 만들 때 쓰는 돌가루가 들어가. 그것 덕분에 기와가 빛이 나고 모양도 살아 있지. 아무튼, 날 따라가면 유리공방도 보고 왕궁도 보게 될 거다."

아비는 무엇보다도 '유리'란 게 도대체 어떤 건지 궁금했다.

"유리라면 도자기 같은 건가요?"

"아, 넌 아직 못 봤겠구나. 속이 훤히 들여다보이면서 반짝반짝해."

현무는 수레를 끌고 가는 내내 유리에 대해 떠들었다.

드디어 왕궁이 보이기 시작했다. 아비의 눈에 햇빛을 받아 반짝이는 초록빛 기와가 보였다. 야트막한 산등성이를 따라 지어진 금마저의 왕궁 아래쪽에 가장 큰 건물이 있고, 그보다 조금 작은 건물들이 그 뒤로 들어서 있었다. 왕궁 아래쪽에 있는 유리공방 입구에서 머리가 희끗희끗한 유리 장인이 현무와 아비를 기다리고 있었다.

"조와소에서 왔느냐?"

유리공방은 왕궁 입구만큼이나 경비가 삼엄했다. 날카로운 창과 칼로 무장한 군인들이 물샐틈없이 지키고 있었다.

유리 장인을 따라 아비와 현무는 안으로 들어갔다. 유리공방은 뜨거운 열기가 가득 찬 곳이었다. 일꾼들이 웃옷을 벗고는 쇠집게를 써서 뜨거운 도가니에서 달궈진 유리 반죽을 꺼내고 있었다. 다른 작업대에서는 물렁물렁한 유리 반죽을 다듬고 있고, 다른 곳에서는 다 만들어진 유리병과 유리잔을 하나씩 살피고 있었다. 구석진 곳에서는 아비 또래, 아니, 더 어려 보이는 아이들이 모여 콩알보다도 작은 유리구슬을 조그만 손으로 일일이 골라내고 있었다.

"어린 것들이 고생이구먼!"

현무가 중얼거렸다. 아비도 어린아이들이 일하는 모습이 조금 안쓰럽게 느껴졌다. 그런데 끄트머리에 앉아 있는 덩치 큰 소년이 눈에 띄었다. 그 모습이 낯설지 않았다.

"설마, 고니?"

아비의 목소리를 듣고 그 아이가 고개를 들었다. 고니가 틀림없었다.

"아비야!"

"고니야!"

아비와 고니는 수십 년 만에 만난 사람들처럼 부둥켜안고 엉엉 울었다. 잠시 후, 아비가 정신을 차리고 어찌 된 사연인지 물어보았다.

"고니야, 네가 왜 여기에 있어?"

"말도 마! 내가 널 따라가겠다고 이틀 동안 끼니를 걸렀더니, 아버지가 유리 장인인 먼 친척 어른에게 나를 맡겼어. 공방이 금마저에 있다고 해서 신나게 따라왔는데 여긴 왕궁 소속 공방이고, 네가 있는 곳은 미륵사 장인 마을이라는 거야."

고니는 어떻게든 아비에게 연락하려고 애를 썼지만 유리공방의 경계가 삼엄해서 밖으로 나올 수 없었다고 했다. 아비가 고니의 얼굴을 쓰다듬으며 말했다.

"고니야, 너 먹는 건 잘 먹고 있어? 볼이 홀쭉해진 것 같아."

"걱정 마! 내가 어디 가서 굶을 사람이냐? 하지만 맘대로 돌아다닐 수 없는 건 정말 힘들어. 유리는 금은보화나 마찬가지라, 그걸 다루는 사람은 나다닐 수가 없대. 아비야, 네 아버지께 말씀드려서 나 좀 데리고 가 주면 안 될까?"

"아버지께 여쭤볼 테니 기다리고 있어. 혹시 미륵사 장인 마을에 들르게 되면 무조건 목라수 박사님 댁으로 와. 나는 거기 바깥채에 머무르고 있어."

그때 공방에서 나온 유리공이 고니를 불렀다. 고니가 간절한 표정으로 말했다.

"아비야, 나 꼭 데려가야 해. 안 그러면 내가 널 찾아갈 거야."

고니가 아비와 작별하는 것을 아쉬워하며 공방 안으로 들어갔다. 아비는 고니 뒷모습을 보며 걱정스러운 표정을 지었다.

현무가 무거운 자루를 수레에 실으며 투덜거렸다.

"어이쿠, 무거워라! 돌아가는 길이 힘겹겠어."

수레를 끌고 가던 두 사람은 얼마 되지 않아 땀을 뻘뻘 흘렸다. 현무가 걸음을 멈췄다.

"좀 쉬었다 가자."

아비와 현무는 잠시 그늘에 수레를 놓고 숨을 돌렸다. 현무가 풀숲 너머로 볼일을 보러 갔다. 아비는 무심코 수레 위를 봤다. 그런데 자루 사이에서 뭔가 반짝였다. 자세히 살펴보니 자루 귀퉁이에 아주 작은 초록빛 유리구슬 하나가 붙어 있었다.

얼른 구슬을 집어서 햇빛에 비춰 보았다. 일그러지고 구멍도 있었지만 빛을 받아 반짝거렸다. 아까 고니가 고르고 있던 불량품 구슬이 딸려 온 듯했다.

"뭐 하냐?"

시원하게 볼일을 본 현무가 휘파람을 불며 다가왔다. 아비는 재빨리 구슬을 허리춤 주머니에 넣었다.

아비는 돌아오는 내내, 목구멍에 가시가 박혀 있는 것만 같았다.

"무거운 걸 가져오느라 고생했다."

와공 천돌이 현무와 아비에게 시원한 물과 주먹밥을 주면서 쉬라고 했다. 아비는 주머니 속에 넣어 둔 유리구슬을 만지작거리며 생각했다.

'이걸 가져도 되는 걸까? 현무 형에게 말을 할까? 아니야. 그랬다간 괜한 오해를 받을 거야. 어차피 이건 훔친 것도 아니고, 떨어진 걸 그냥 주운 건데…….'

오후에는 보리와 함께 목공소에 가서 일을 거들었다. 목공소는 나무를 자르고 쪼개고 다듬는 소리들로 시끄러웠다.

보리가 도편수 해수에게 아비를 소개했다.

"일전에 목라수 박사님께서 말씀하신 사동, 아비입니다."

아비가 꾸벅 인사를 했다. 도편수 해수는 별다른 말 없이 고개를 까딱하며 인사를 받았다. 그는 장인들 사이에서도 까다롭기로 소문난 사람이었다.

아비가 제일 먼저 해야 할 일은 끝도 없이 나오는 대팻밥과 톱밥을 쓸어 모으는 일이었다. 처음에는 이쯤이야, 생각했지만 얼마 되지 않아 재채기를 하고 콧물을 줄줄 흘렸다.

"아비야, 이걸로 코나 좀 닦아."

보리가 손수건을 내밀었다. 아비는 차마 보리의 손수건으로 콧물을 닦을 수 없었다. 그래서 손수건을 품속에 넣고 콧물은 옷소매로 닦아 버렸다.

목공들은 대패와 자귀 같은 도구를 써서 커다란 나무를 다듬었다. 이렇게 만들어지는 커다란 기둥과 보는 미륵사 금당 북쪽에 있는 강당을 짓는 데 쓸 것이라고 했다.

"만노, 이리 와 보게."

도편수가 카랑카랑한 목소리로 보리 아버지, 만노를 불렀다. 자세히 들을 수는 없었지만 목탑의 결구가 어쩌고저쩌고하면서 나서지 말란 말도 했다. 만노의 낯빛이 점점 어두워졌다. 보리가 멀리서 그 장면을 보고 금방이라도 울 것 같은 표정을 지었다. 아비도 마음이 아팠다. 보리가 말한 '반쪽이'라는 별명이 무슨 뜻인지 이해가 되는 순간이었다.

목공소에서의 일과가 끝났다. 보리와 아비는 연장을 제자리에 놓고 톱밥과 나뭇조각을 치우며 정리를 했다. 그런데 보리가 작은 나뭇조각을 따로 모으더니 작은 자루에 집어넣었다.

아비가 물었다.

"그걸로 뭐 하게?"

"잔말 말고 따라오기나 해."

보리가 아비를 자기 집으로 데려갔다. 그 집은 장인 마을에서도 산자락에 붙어 있는 외진 곳에 있었다. 보리는 집 안으로 들어가지 않고 뒷마당으로 향했다. 아비는 영문도 모르고 따라갔다. 마당 구석에 작은 움막이 있었다.

"우리 작업실에 온 것을 환영해."

보리가 입구에 걸친 장막을 활짝 걷어 올리고 움막 입구에 있는 등불을 켰다. 그러자 겉에서 봤을 때보다 훨씬 더 널찍한 공간이 나타났다. 가장 먼저 눈에 들어온 건 두 사람이 쓸 수 있는 작업대였다. 벽에는 송곳, 망치, 자귀, 자루 대패 같은 공구들이 나란히 걸려 있었다.

"우아! 여기 정말 좋다."

아비는 옻칠까지 끝낸 작은 불상과 선반 위에 놓인 목각 인형 여러 개를 보았다.

"보리야, 저건 누가 만든 거야?"

"응, 모두 내가 만든 거야."

"다들 훌륭한데! 팔아도 되겠다."

"불상은 팔지 않아. 가끔 스님이나 고마운 분들에게 선물로 드리지."

아비가 감탄사를 연발하며 움막 안을 둘러보았다. 움막 안쪽에 여인의 초상화가 있었다. 검은 머리, 기다란 눈매, 오뚝한 코가 보리와 닮은 듯했다. 왼쪽 아래에 '연화(蓮花)'라는 이름이 쓰여 있었다.

보리가 말했다.

"우리 어머니야. 아름답지?"

"정말 고우시다. 그런데 그림은 누가 그린 거야?"

"우리 아버지! 아버지는 신라에서 원래 화공이셨어. 금마저에 와서 단청을 그리는 작업을 하다가 목라수 박사님의 권유로 목공을 시작하셨대."

보리의 눈동자에 눈물이 맺혔다. 아비도 아까 목공소에서의 일이 생각이 나서 가슴이 답답해졌다.

그때 만노가 움막 안으로 들어왔다.

"우리 작업실에 손님이 오셨나? 아비가 왔구나."

"안녕하세요? 보리가 절 데리고 왔어요."

아비가 변명 아닌 변명을 했다. 그러자 보리가 한술 더 떴다.

"모, 목라수 박사님께서 잘 가르쳐 주라고 하셔서요. 아는 것도 없으면서 어찌나 나대는지……. 오늘도 혼날 뻔한 걸 제가 몇 번이나 구해 주었는지 몰라요."

보리의 말에 아비 얼굴이 붉어졌다. 만노가 호탕하게 웃으며 말했다.

"허허! 요즘 보리가 기와집을 한 채 짓고 있는데 아비도 구경해 볼 테냐?"

"네? 기와집을요?"

"뭘 그리 놀라느냐? 기와집은 바로 여기 있다. 이걸 보거라."

만노가 작업대 한쪽에서 흰색 천으로 덮은 무언가를 가져왔다. 거기에 자투리 나뭇조각으로 만든 작은 기와집이 있었다. 나무로 기둥과 보와 처마를 올렸고, 벽은 붉은색 진흙으로 채워 넣었다. 지붕은 아직 완성되지 않았지만 제법 그럴싸했다.

"아! 작긴 하지만 진짜 기와집이네요."

아비가 요리조리 살피며 감탄했다.

"아버지가 이것저것 알려 주셔서 조금씩 해 보고 있어."

보리가 뿌듯한 표정으로 말했다. 아비는 보리가 만들고 있는 기와집을 이리저리 살펴보고는 용기를 내어 만노에게 물었다.

"저도 여기서 기와집 만드는 걸 배워도 될까요?"

"그래! 아비도 함께해 보거라. 나야 제자가 많을수록 가르칠 맛이 나니깐."

"정말 감사합니다. 제가 나뭇조각이나 진흙이나 뭐든 필요한 건 다 챙겨 올게요."

만노가 웃으며 고개를 끄덕였다.

보리가 의자에 앉으며 말했다.

"오늘 저녁밥 먹기 전까지 서까래를 완성해야 하니깐, 지금 시작해 볼까?"

보리가 지붕 위에 얹을 작은 나뭇조각을 다듬기 시작했다. 아비도 눈치껏 그 옆에 앉아서 일을 거들었다. 보리는 손톱만 한 기왓장을 어떻게 만들어야 할지가 고민이라고 했다. 아비는 진흙으로 반죽을 만들고, 나무로 작은 기와 틀을 만들어 보자고 했다.

"오! 제법인데……."

보리가 처음으로 아비를 칭찬했다. 아비는 세상을 다 가진 것처럼 뿌듯했다.

얼마 후, 만노는 저녁거리를 마련하려 움막을 나섰고 아비와 보리는 작업대를 정리하고 있었다. 보리가 아비에게 말했다.

"그거 알아? 이 마을에서 여기 들어온 사람은 너밖에 없어."

"그래? 날 여기 데려와 줘서 정말 고마워."

아비가 감격스러운 표정을 지으며 말했다. 그러자 보리가 새침하게 말했다.

"고맙단 말 들으려는 게 아냐. 이 작업실 얘기를 절대 다른 사람한테는 하지 말라고."

"아! 알았어."

아비는 고마운 마음에 보리에게 뭔가 선물을 해 주고 싶었다. 그때 마침 초록빛 유리구슬이 생각났다. 모양이 일그러지고 구멍도 있지만, 반짝거리는 모습이 예쁘니까 보리가 좋아할 것 같았다. 아비는 보리가 자리를 비운 사이, 유리구슬을 꺼내어 낮에 보리에게 받은 손수건으로 쌌다.

보리가 나타났다.

"빨리 안 가고 뭐 하냐?"

"지, 지금 가려고. 이건 아까 네가 준 손수건인데, 여기다 두고 갈게."

아비가 허둥지둥 움막을 나섰다. 보리는 손수건에 눈길도 주지 않고 자기 일을 했다. 아비가 답답한 마음에 움막 안으로 고개를 다시 들이밀었다.

"참! 그 안에 뭐 들어 있으니까 조심해서 풀어 봐."

말을 마치자마자 아비는 줄행랑을 쳤다.

보리가 고개를 갸웃거리며 접은 손수건을 펼쳤다. 반짝반짝 초록빛을 내뿜는 유리구슬이 들어 있었다.

"야! 이런 걸 어디서?"

보리는 구슬을 집어 들고 등불에 비추어 보았다. 빛이 구슬을 통과하면서 초록빛으로 바뀌는 그 황홀한 아름다움에 넋이

나갔다. 보리가 혼자 중얼거렸다.

“아! 정말 예쁘다.”

아비는 저녁을 먹고 아버지 연담을 기다렸다. 유리공방에서 만난 고니 이야기를 하기 위해서였다. 하지만 그날 밤 아버지는 오지 않았다. 미륵사 공사가 바빠서 며칠 동안은 나올 수 없다는 전갈만 받았다. 아비는 피곤했지만 잠이 오지 않아서 《구장산술》 책을 펴고 밤늦도록 공부를 했다.

그렇게 며칠이 흘렀다. 아비는 저녁마다 만노에게 작은 기와집 만드는 법을 배우며 건축의 기본을 익혔다. 보리도 그 옆에서 손톱만 한 기와를 자기 기와집에 얹는 작업을 했다. 유리구슬에 대해서는 한마디도 하지 않았다. 아비는 며칠 동안 애를 태우다가 단둘이 있을 때 조용히 물어봤다.

“혹시 손수건 안에서 반짝이는 거 못 봤어?”

“반짝이는 거, 그게 뭔데?”

보리가 천연덕스럽게 말했다. 아비는 당황스러워서 말을 잇지 못했다.

“이런 거 말이야?”

보리가 목덜미 옷깃 사이에 숨겨져 있던 유리구슬을 내보였다. 붉은 실에 꿰인 유리구슬이 보리의 목덜미에서 빛나고 있었다. 아비 얼굴이 빨개졌다. 보리가 말없이 환하게 웃어 주었다. 세상이 온통 환해졌다.

6. 아비의 꿈

목라수 박사가 사비성에서 돌아왔다. 아비는 일을 마치자마자 박사의 처소를 향해 달렸다. 불이 켜져 있는 걸 보고 들어가려는데 안에서 목라수 박사와 도편수 해수가 나누는 이야기 소리가 들렸다. 엉겁결에 아비는 안에 들어가지 못하고 두 사람의 대화를 엿듣게 됐다.

"박사님, 서탑과 동탑의 기초공사는 이미 다 끝났습니다. 박사님의 도면만 있으면 공사를 시작할 수 있습니다. 가운데 목탑보다는 규모가 작은 탑인데 설계에 너무 공을 들이시는 게 아닙니까? 공사가 늦춰질까 봐 목공들이 걱정이 많습니다."

"자네들 급하다고 설계를 날림으로 할 수는 없지 않겠나? 나는 지금 백제의 기술을 오래도록 남길 방법을 찾고 있단 말일세. 그나저나 내 요즘 불편한 이야기를 들었어."

목라수 박사가 말머리를 돌렸다.

"무슨 말씀이신지?"

"내가 자네를 도편수로 택한 이유는 실력도 좋지만 그 누구보다 일을 공정하게 처리할 것이라 믿었기 때문이야. 만노의 실력은 누구나 아는데 이번에 미륵사 강당 공사에서 제외한 까닭이 도대체 무엇인가?"

"만노는 신라 사람입니다. 이미 몰라야 할 것들을 너무 많이 알고 있습니다."

도편수가 차갑게 말했다. 아비는 그 말을 듣자마자 그동안 만노 아저씨가 목공방이 아닌 움막을 지키고 있던 이유를 알게 되었다.

목라수 박사가 나지막하게 말했다.

"자네 뜻은 알겠네만 한 사람이라도 일손을 보태야 할 때 만노 같은 숙련공을 마냥 놀릴 수는 없네. 강당의 기초공사는 마무리하도록 하게."

도편수 해수가 방을 나갔다. 목라수 박사가 아비를 불렀다.

"아비야, 그만 숨고 어서 들어오너라."

아비가 화들짝 놀라 방으로 들어갔다. 목라수 박사가 인자한 표정을 지으며 말했다.

"며칠 동안 공방이란 공방은 다 헤집고 다녔다지. 사비성 소식이 궁금하진 않느냐?"

"어머니와 아소 형님이 잘 계신지 모르겠습니다. 아진이 소식도 궁금하고요."

"그래. 네 어머니는 사비성 안으로 이사를 오셨다. 아소가 집을 아주 깨끗하게 고쳤더구나. 아진이는 목탑 완공을 경축하는 법회를 열 때 이곳에 오기로 했다."

"아! 잘됐네요. 소식 전해 주셔서 정말 감사합니다."

잠시 후, 아비는 목라수 박사를 위해 먹을 갈고 있었다. 박사는 커다란 종이에 자를 대고 뭔가를 그리기 시작했다. 잠시 붓질을 멈춘 목라수 박사가 아비에게 물었다.

"그동안 미륵사는 가 보았느냐?"

"공방 일에 쫓겨 못 가 봤습니다. 대신 미륵사가 잘 보이는 곳에서 내려다보았습니다."

"마을 뒷산에 올라갔구나. 그래, 어떻더냐?"

"세상에서 제일 크고 아름다운 절인 것 같았습니다. 신기한 것은 가운데에 있는 목탑을 중심으로 금당과 회랑, 남쪽의 중문, 북쪽의 강당 자리까지 마치 자를 대고 반듯한 네모를 그린 것처럼 보였습니다."

"네 눈에는 반듯한 네모 하나만 보이더냐?"

"아닙니다. 반듯한 네모 세 개 위에 큰 네모 하나가 얹어져 있는 것처럼 보였습니다. 혹시 제가 잘못 본 것입니까?"

목라수 박사는 대답 대신 탁자 모서리에 있던 커다란 종이 꾸러미를 펼쳐 보였다.

"이걸 보고 혹시 다른 모양이 보이거든 얘기해 보거라."

박사가 보여 준 도면에는 금당, 목탑, 회랑, 중문 등 모든 건물의 위치와 길이, 건물과 건물 사이의 간격이 정확하게 적혀 있었다.

아비는 그 도면을 뚫어지게 살펴보았다. 종이에 그려져 있지 않은, 나란히 자리 잡은 세 개의 긴 네모와 그 위에 누워 있는 또 다른 긴 네모가 보였다. 하지만 도면을 위아래로 살필수록 종이 속에 새로운 도형이 나타나 보였다.

"박사님! 보입니다. 세모도 있고 여덟 개의 모서리를 가진 모양도 있습니다."

아비가 목소리를 높였다. 목라수 박사가 흐뭇한 표정으로 아비에게 물었다.

"그래? 뭐가 어떻게 보이는지, 자세히 말해 보거라."

"모든 건물은 가운데 목탑을 중심으로 오른쪽과 왼쪽이 포개질 것처럼 닮았습니다. 아래쪽에 동서로 연결된 회랑의 끝과 북쪽에 짓고 있는 강당의 중심을 연결하면, 길이가 똑같은 세모가 나타납니다. 또 남쪽에 있는 중문과 북쪽의 강당, 여기에 남쪽과 북쪽에 길게 서 있는 회랑 두 쌍을 연결해 보면 모서리가 여덟 개인 팔각 모양이 나타나기도 합니다."

아비가 미륵사 도면 위에 그림을 그리듯이 손가락으로 휘휘 선을 그으며 설명했다. 그러자 목라수 박사가 호탕한 웃음을 터트렸다.

"하하! 내가 이것을 그린 지 10년이 넘었다. 그동안 열에 아홉은 이걸 보고 고개를 갸웃거렸지. 그런데 어린 네가 한 번에 찾아내다니! 정말 기특하구나."

목라수 박사의 칭찬을 듣고 기뻐할 틈도 없이, 아비에게는 새로운 궁금증이 꼬리에 꼬리를 물었다. 목라수 박사는 아비가

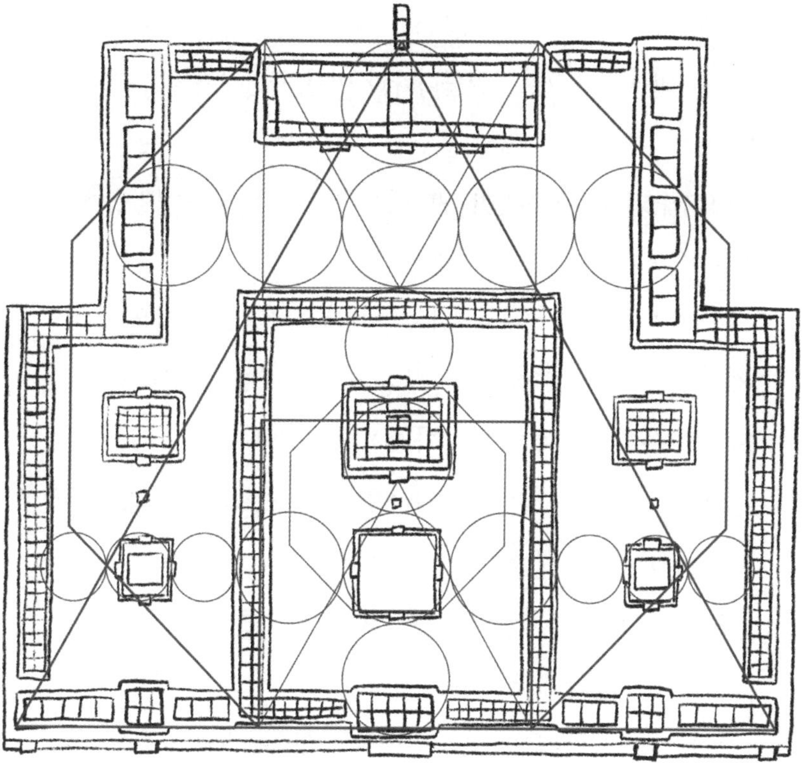

연달아 해 대는 모든 질문에 기쁘게 답을 해 주었다.

어느덧 밤이 깊어졌다. 목라수 박사가 아비에게 물었다.

"혹시 목부에서 학교를 운영한다는 소식을 들어 본 적이 있느냐?"

"네, 얼핏 들은 적은 있습니다만 어떤 곳인지는 잘 모릅니다."

아비가 머리를 긁적이며 대답했다. 목라수 박사가 설명을 이어 갔다.

"태학이 최고 관리가 될 귀족 자제들에게 유교 경전을 가르치는 곳이라면, 목부에서 운영하는 학교는 백제 최고의 장인이 될 아이들을 모아서 기술을 가르치는 곳이다. 재주가 있는 젊은이들을 뽑아서 산술과 역법을 익히게 하고, 각 분야 최고 박사들에게 기술을 배울 수 있도록 하고 있다."

"정말입니까? 그 학교에 들어가려면 어떻게 해야 합니까?"

아비가 눈을 크게 뜨고 물었다.

"기본적으로 산술과 경전을 해석할 실력은 있어야겠지. 또 한 가지, 목공이든 와공이든 최고 실력자 밑에서 수련을 받은 자에게만 입학이 허락된다."

목라수 박사의 말을 듣자마자 아비는 의기소침해졌다. 박사가 빙그레 웃으며 물었다.

"얼굴이 왜 그렇게 어두운 것이냐?"

"저는 꿈도 꾸지 못할 것 같아요. 전 수련은커녕 심부름이나 하는 처지인걸요."

"쯧쯧. 백제 최고의 스승을 앞에 두고 무슨 소리냐?"

"아! 스, 스승님이라고요?"

아비가 깜짝 놀라 말까지 더듬었다. 목라수 박사가 웃으며 말했다.

"내 제자가 되면 목부 학교에 들어가는 건 어려운 일이 아닐 것이다."

아비는 꿈을 꾸는 게 아닌가 싶었다. 목라수 박사는 백제 건축의 명장이자 목부의 실세였다. 그의 제자가 되는 건 장인으로서의 미래를 보장받는 것이기도 했다.

"정말 제가 박사님의 제자가 될 수 있을까요?"

아비의 물음에 목라수 박사가 잠시 생각을 하더니 천천히 말했다.

"이제 곧 내 나이 일흔이다. 더 늦기 전에 내 마지막 과업을 함께할 총명한 제자를 얻고 싶다. 조금 전 내가 도편수와 이야기하는 걸 문 앞에서 다 들었느냐?"

"네, 듣긴 했습니다."

아비가 공손하게 답했다. 목라수 박사가 목소리를 높였다.

"내 제자가 되고 싶다면 천 년을 버틸 튼튼한 탑을 세울 방도를 찾아오너라."

"네? 처, 천 년이라고요?"

'백 년'도 아닌 '천 년'이라는 어마어마한 시간에 아비는 숨이 막힐 것 같았다.

"천천히 생각해라. 답은 늘 가까운 데에 있다. 난 그동안 누구도 쌓지 못한 높은 탑을 세우고 연못을 메워 절을 지었다. 모두가 불가능하다고 말했지만, 방법을 찾아냈다. 천 년을 버텨낼 튼튼한 탑을 세우는 일도 그럴 것이다. 사물을 볼 때, 마치 매가 하늘을 날며 지상의 먹잇감을 찾는 것처럼 날카롭게 보거라. 그리하면 답을 더 쉽게 찾아낼 수 있을 게다."

목라수 박사가 근엄한 얼굴로 말했다. 아비는 주먹을 불끈 쥐고 대답했다.

"꼭 답을 찾아내서 박사님의 제자가 되겠습니다."

목라수 박사가 웃으며 고개를 끄덕였다.

숙소에 돌아온 후, 아비는 밤새워 궁리했다.

'기둥을 두 배로 굵게 해야 하나? 가운데 기둥에 쇠를 박아야 할까? 아니, 쇠보다는 돌이 나을 거야. 돌은 흔한 재료지만 쇠만큼 단단하고 불에 타지도 않으니까.'

다음 날 아침. 아비는 보리를 보자마자 돌을 다루는 공방에 가서 일을 거들고 싶다고 했다. 보리가 말했다.

"잘됐다! 나도 오늘은 목공방이랑 석공방을 번갈아 다니며 심부름을 해야 하거든. 기둥을 주춧돌 위에 세우는 작업을 할 땐 목공방과 석공방이 같이 일을 해."

보리가 아비를 석공방으로 데려갔다. 아비는 석공들이 일하는 모습을 유심히 살펴보았다. 딱딱한 바윗돌을 수백 번 두들기고 쪼아대자 아름다운 연꽃이 피어났다. 석공들이 작업을 끝내자 아비는 남은 돌조각을 치우면서 쓸 만한 것들을 크기별로 모았다. 보리가 아비를 거들면서 물었다.

"돌조각은 왜 줍는 거니? 뭐 할 게 있어?"

"작은 탑을 만들어 보게."

"돌조각으로 탑을 만든다고? 무슨 꿍꿍이인지는 모르지만 잘해 봐."

보리가 아비의 어깨를 툭 치더니 다른 데로 가 버렸다. 아비는 묵묵히 돌조각을 자루에 담았다.

석공방에서의 일과가 끝났다. 아비는 돌조각이 들어 있는 자루를 메고 보리와 함께 걸었다. 아비가 물었다.

"보리야, 석공방에서 쓰는 돌을 어디서 캐 오는 건지 알아?"

"당연히 알지. 몇 번 다녀온 적도 있어. 저 산 중턱이거든."

보리가 바로 앞 미륵산을 가리켰다. 아비는 미륵사 공사 현장에서 쓰이는 돌이 모두 가까운 미륵산의 채석장에서 왔다는 사실을 알고 깜짝 놀랐다.

"어쩐지 돌이 모두 같은 종류 같더라."

아비가 중얼거렸다. 보리가 말을 보탰다.

"가까운 산에서 돌을 캐면 나르기도 쉽고, 돌을 깎다가 버려도 덜 아깝고."

보리가 얘기를 하면서 옆을 봤는데, 아비는 뭔가 딴생각을 하는 것처럼 보였다.

"아비야, 너 지금 내 말 듣기는 하는 거야?"

"어, 그럼! 가까운 곳에서 돌을 캐 오니까 좋다는 얘기잖아."

"딴생각하는 줄 알았더니 용케 듣고 있었네. 그래서 널 좋아해."

마지막으로 속삭이듯 내뱉은 '좋아해.'라는 말에 아비가 화들짝 놀랐다.

"방금 뭐라고 그랬어?"

"몰라! 그냥 네가 잘 듣고 있는지 떠보느라 그랬어."

보리가 갑자기 뛰기 시작했다. 아비도 보리를 따라 뛰다가, 심장이 터질 것 같아서 그 자리에 멈췄다. 그 대신 보리를 향해 큰 소리로 외쳤다.

"보리야, 나도 널 좋아해. 좋아한다고!"

보리가 달리는 걸 멈추고 뒤를 돌아보았다. 보리의 커다란 눈동자가 아비를 향해 빛나고 있었다. 말하지 않아도 알 수 있는 마음의 소리가 오고 갔다.

신시(오후 3시)를 알리는 종소리가 울렸다. 멈췄던 시간이 다시 흐르기 시작했다.

보리가 내달리기 시작했다. 아비는 그 자리에 우두커니 서서 보리가 멀어지는 걸 지켜보았다. 행복하지만 슬펐고, 기쁘지만 두려웠다.

며칠 동안 아비는 정말 바빴다. 낮에는 석공방과 목공방을 뛰어다니며 도면을 전달하고 자재를 세고 치수를 쟀다. 끝없이 나오는 부스러기들을 치우고 공구를 정리했다. 저녁에는 목라수 박사의 서재에서 먹을 갈며 심부름을 했다. 보리네 움막에 가고 싶어도 짬이 나질 않았다. 그래도 가끔 공방에서 보리와 마주칠 수 있어서 다행이었다.

그런데 보리가 이상하게 굴었다. 반갑게 말을 걸려고 하면 얼굴을 붉히며 고개를 돌렸다. 며칠 전 좋아한다는 말을 나눈 뒤로 사이가 불편해진 느낌이었다.

"집의 기초 골격은 기둥과 보 그리고 도리로 이루어진다. 지붕 맨 위 꼭대기 중심에 있는 나무는 마룻대인데 여기에 서까래를 거는 것이다. 보라는 건 마룻대와 수직 방향으로 연결하는 나무인데 그중에서도 가장 큰 것을 대들보라 한다."

저녁마다 아비는 목라수 박사 곁에서 먹을 갈면서 많은 것을 보고 배웠다. 아비는 금마저에서 보고 듣는 모든 것들을 무서운 속도로 빨아들였다.

계절은 이미 가을에 접어들었다. 늦은 저녁, 아비가 먹을 갈고 있는데 목라수 박사가 말했다.

"내일은 미륵사 현장에 갈 것이다. 이른 아침에 출발할 테니 늦지 않도록 하여라."

다음 날 아침, 아비는 자리에서 일찍 일어나 어머니가 보내 준 새 옷을 차려입고 목라수 박사의 처소로 달려갔다. 박사는 오늘 가져갈 종이 꾸러미들을 챙기고 있었다.

"이게 다 무엇입니까?"

"백제의 기술을 탐내는 자들이 가장 갖고 싶어 하는 것, 미륵사 목탑 도면들이다. 너도 알겠지만 탑을 9층 높이로 쌓는 건 우리 백제의 기술로만 가능한 일이다."

목라수 박사가 여러 장의 종이를 조심스럽게 둘둘 말았다. 그것을 커다란 대나무 통에 넣더니 허름한 삼베행낭에 집어넣었다. 아비는 왜 귀한 도면들을 허름한 행낭에 넣는 것인지 처음에는 알 수 없었다. 목라수 박사가 주위를 살피더니 나지막하게 말했다.

"이걸 메고 날 따르도록 해라. 내 허락 없이는 아무도 보지 못하게 해야 한다."

"네, 알겠습니다!"

아비가 얼떨떨한 표정으로 대답했다. 목라수 박사가 초록색 비단 두루마리를 손에 들었다.

"이것은 내가 직접 가져갈 것이다."

아비는 그 순간 목라수 박사의 뜻을 헤아렸다. 누가 봐도 허름한 삼베행낭에 중요한 도면을 넣고, 눈에 띄는 비단 두루마리를 들고 다니는 까닭을 말이다.

도편수가 보낸 목공 한 명과 박사를 호위하는 군졸 두 명이 집 앞에서 기다리고 있었다. 목라수 박사 곁에서 걷던 목공이 박사에게 심각한 표정으로 말했다.

"박사님, 요즘 미륵사에 자꾸 이상한 일이 일어난답니다. 밤마다 검은 형상이 지붕 위를 날아다니기도 하고, 새로 올린 목탑의 기왓장이 몇 개씩 깨져 있기도 하답니다. 우매한 사람들은 귀신이 미륵사 목탑의 완성을 시기하는 것이라며……."

목라수 박사가 버럭 화를 냈다.

"정말 어리석은 일이로다! 수상한 자의 정체는 얼른 잡아서 조사를 해 보면 알겠지. 이런 말도 안 되는 일로 중요한 일을 망치려 드는가?"

아비는 으스스한 기분이 들었다. 귀신이 아니라면 도대체 누가 삼엄한 경비를 뚫고 미륵사 곳곳을 누비고 다니는 걸까? 지난 며칠간 아버지가 밤을 새우다시피 하며 공사 현장을 지킨 이유를 이제야 알 것 같았다.

드디어, 미륵사 입구로 들어가는 큰길이 나왔다. 하늘은 유리처럼 맑고 푸르렀다. 그 맑은 하늘을 배경으로 미륵사의 드높은 목탑이 우뚝 솟아 있었다. 목탑 지붕은 초록빛이 났다. 미륵사 입구에는 두 개의 커다란 연못이 큰길 양쪽에 자리 잡고 있었다. 중문 안으로 들어서니 미륵사의 중심인 목탑이 화려한 자태를 뽐내며 서 있었다. 노반 장식들이 하늘에 대고 신호를 보내는 것처럼 솟구쳐 있고, 층층이 매달린 풍경들이 움직이며 아름답고 맑은 소리를 냈다. 목탑 위에서는 사다리를 탄 화공들이 알록달록한 색과 무늬를 그리고 있었다.

목라수 박사가 계단으로 올라갔다. 작업 중이던 일꾼들이 일을 멈추고 인사를 했다. 아비가 목라수 박사의 뒤를 따르자 목탑을 지키는 군인들이 아비를 막아섰다.

"괜찮아. 내 사동일세."

목라수 박사의 말에 군인들이 창을 거두었다.

"아비야, 어서 안으로 들어오너라."

목라수 박사가 목이 빠지도록 탑을 올려다보고 있는 아비를 불렀다. 아비는 조심스럽게 목탑 안으로 들어갔다. 목탑의 중심에는 엄청나게 두꺼운 나무 기둥이 서 있었다. 그것이 바로 '심주' 혹은 '찰주'라 부르는 중심 기둥이었다.

잠시 후, 와박사 연담이 깨진 기왓장을 들고 사다리를 타고 내려왔다. 목라수 박사가 연담에게 물었다.

"이것이 깨져 있었다는 그 기와인가?"

"그렇습니다. 유약을 입힌 녹유 기와인데 설치한 지 얼마 되지도 않았습니다."

목라수 박사가 기와를 손에 들고 이리저리 살피며 말했다.

"이리 고운 것을 누가 이렇게 만들었단 말인가. 아침에 수상한 검은 형체가 지붕 위를 날아다닌다는 소문을 듣기는 했네. 목탑 완공에 차질이 없어야 할 터인데……."

"경비를 강화했으니 앞으론 그런 일이 없을 것입니다."

연담이 조심스럽게 말했다.

마침 땡이 어머니가 보낸 새참이 도착했다. 꼭대기 층의 일꾼들에게 보낼 것이라 했다. 목탑 꼭대기에 올라가 보고 싶은 마음에 아비가 나섰다. 아비는 바구니를 메고 외부에 설치된 사다리를 탔다. 높아질수록 거세지는 바람을 뚫고 드디어 꼭대기층에 올라갔다.

새참을 일꾼들에게 전달한 뒤, 아비는 잠시 그곳에서 아래를 내려다보았다. 넓디넓은 금마저의 벌판이, 미륵사를 감싸고 있는 나지막한 산들이, 저 멀리 금마저 왕궁이 있는 곳까지 한눈에 들어왔다.

쉬익! 쉬이익!

귓가를 스치는 바람 소리가 거셌다. 아비는 백발의 목라수 박사가 밤을 새워 가며 종이에 그려 놓았던 모양과 숫자들을 생각했다. 한 치의 오차도 허용하지 않는 완벽한 도면이 없었다면 이렇게 높은 탑을 만들 수 없었을 것이다.

아비의 가슴에 꿈이 새겨지기 시작했다. 아비는 마음속으로 다짐했다.

'언젠가 나도 목라수 박사님처럼 세상에서 가장 높고 아름다운 탑을 쌓는 명장이 될 거야.'

7. 파국

아비가 빈 바구니를 메고 아래로 내려가기 시작했다. 올라올 때는 몰랐는데 막상 사다리를 타고 내려가려고 하니 아찔했다. 아비는 천천히 내려가면서 목탑 구석구석을 살폈다. 드디어 땅을 딛는 순간, 하늘을 날다가 땅으로 내려온 새의 기분이 이럴까 싶었다.

그때 어딘가로 부지런히 걸어가는 보리의 모습이 보였다. 아비는 반가운 마음에 보리를 부르려 했다. 그런데 처음 보는 젊은 스님이 보리 앞을 가로막았다. 낯선 스님이 보리에게 뭔가를 채근하듯 말을 시켰고 보리는 대답하기 곤란한 것처럼 머뭇거렸다.

아비는 그걸 지켜보다가 안 되겠다 싶어서 큰 소리로 외쳤다.

"보리야!"

보리가 놀란 듯 아비를 봤다. 낯선 스님이 아비를 힐끗 보더니 재빨리 사라졌다.

"오늘 능사에서 오신 스님이시래. 길을 물어보셔서 대답을 해 드리느라."

보리가 다급하게 걸어오며 묻지도 않은 말에 답을 했다. 아비가 걱정스럽게 물었다.

"보리야, 괜찮아? 낯빛이 안 좋아서……."

"응, 아무 일 없어."

보리가 불안해하며 주변을 살폈다. 아비는 이상한 기분이 들었지만 자꾸 캐묻기도 뭐해서 그냥 넘어가기로 했다.

장인 마을의 여인들이 푸짐한 음식을 이고 와서 공방 일꾼들에게 나누기 시작했다. 보리는 땡이 어머니 곁에서 주먹밥을 나눠 주고 있었다.

아비가 잠시 뒷간에 다녀온 사이 목라수 박사가 사라졌다. 아비는 목라수 박사를 여기저기 찾아다녔다. 박사는 동쪽 금당 앞에 서서 도면을 보고 있었다.

"박사님, 여기 계셨어요?"

아비가 다가가자 목라수 박사는 천천히 도면을 말아서 자신의 비단 행낭에 넣었다. 그때, 아비는 동쪽 금당과 중앙 금당을 연결하는 회랑 쪽에서 낯선 이의 시선을 느꼈다. 아까 보리에게 말을 걸었던 그 스님이었다.

아비가 목라수 박사에게 물었다.

"이곳의 스님들은 지금쯤이면 무엇을 하고 계십니까?"

"지금은 모두 중앙 금당에 모여 예불을 드리고 있을 것이다. 왜 그러느냐?"

"아닙니다. 그냥 궁금해서요."

낯선 스님은 사라지고 없었다. 그래도 찜찜한 기분은 사라지지 않았다.

미륵사에서의 일정은 생각보다 빨리 마무리되었다. 저녁에 목라수 박사 처소에서 각 공방 도편수들이 모여 회의를 한다고 했다. 아비 편에 기별을 받은 장인들이 기대 반, 걱정 반으로 수군거렸다.

"드디어 동탑과 서탑의 설계도가 나오는 것인가? 뜸을 오래 들이시네."

"요즘 밤마다 지붕 위를 날아다닌다는 귀신 때문은 아닐까?"

"세상에 귀신이 어디 있나? 필시 신라에서 우리 백제 기술을 훔쳐 가려고 세작을 보낸 게 틀림없어. 혹시 만노 그자와 한편인 거 아니야?"

아비는 이러다 만노 아저씨가 세작으로 몰리는 건 아닌가 싶었다.

아비는 불안한 기분으로 숙소로 돌아와 삼베행낭을 이불 밑에 잘 숨겨 놓았다. 밖에서 귀에 익은 목소리가 들렸다.

"아비야! 나야, 고니!"

아비가 얼른 문을 열었다. 고니가 괴나리봇짐을 메고 서 있었다.

"이게 웬일이냐? 얼른 들어와!"

아비가 고니를 방 안으로 들였다. 몰골이 말이 아니었다. 옷매무새가 어수선하고 몸에서 땀 냄새도 심하게 났다. 배가 고프다고 해서 땡이네 집에 가서 주먹밥 두어 개와 시원한 물 한 사발을 가져다줬다. 고니는 허겁지겁 밥을 먹고 나더니 한숨을 푹 쉬었다.

"아비야, 나 유리공방에서 쫓겨났다."

"아니, 어쩌다?"

"접때 너 다녀간 날 있잖아. 그때 내가 불량품을 골라내는 일을 했거든."

아비는 보리에게 준 초록빛 유리구슬이 떠올라 가슴이 뜨끔했다.

"사실 내 바구니엔 골라 놓은 구슬이 서너 개밖에 없었어. 그런데 내가 너한테 달려가느라 바구니를 쏟았거든. 나중에 다시 주워 담았는데 하나가 빈다는 거야. 어차피 도가니에 다시 들어갈 건데 뭐가 문제냐고 따졌더니 당장 나가라고 하더라. 마침 네가 목라수 박사 댁에 있다는 게 생각도 나고 해서……."

"그래서 그냥 쫓겨난 거야?"

아비가 걱정스럽게 물었다. 고니가 하품을 하며 말했다.

"아함! 내 발로 나왔다니깐. 내일 아침에 여기로 데려다준다는 걸 마다했는데 막상 나와 보니 길을 모르겠더라. 지나가는 사람들한테 물어보고, 몇 번 딴 길로 돌아오고 하다 보니 꼴이 요렇게 되어 버렸다."

아비는 자기 때문에 고니가 곤욕을 치른 것 같아서 미안해

죽을 지경이었다.

"내일 아버지한테 이야기할게. 조와소에 네가 할 만한 일들이 있을 거야."

"아비야, 너랑 같이 있으니까 고향 집에 온 것 같아서 정말 좋다. 아함!"

고니는 어느새 쿨쿨 잠이 들었다. 아비는 고니에게 이불을 덮어 주고 옆에 누웠다. 그러나 이런저런 일로 마음이 복잡해서 잠이 오지 않았다. 아비는 잠도 오지 않는 김에 천 년을 버틸 수 있는 부재에 대해 생각해 보기로 했다.

문득, 목라수 박사의 도면을 보면 도움이 될지도 모르겠다는 생각이 들었다.

'아무에게도 보여 주지 말라고 하셨지, 보면 안 된다고 하지는 않으셨어.'

아비는 선반 아래에 넣어 둔 삼베행낭을 꺼냈다. 매의 눈으로 미륵사 목탑의 도면들을 살펴봤다. 특히 기둥과 도리, 그리고 보가 연결되는 부분을 꼼꼼히 살폈다. 도면을 다 보고 난 뒤, 조심스레 꾸려서 삼베행낭에 다시 잘 넣었다.

다시 잠을 청하려는데 이번에는 낮에 봤던 보리와 낯선 스님의 모습이 떠올랐다. 마침 방구석에 놓여 있는 자루가 눈에 띄었다. 틈틈이 모아 온 돌조각들이었다.

'이걸 가지고 가서 핑계 김에 보리 얼굴이라도 봐야겠어.'

아비는 삼베행낭을 어깨에 단단히 메고 돌이 든 자루를 든 채 집을 나섰다. 밤공기가 제법 싸늘했다. 목라수 박사의 처소에서는 목라수 박사와 도편수들의 회의가 한창이었다.

아비는 조용히 집을 나왔다. 한참을 걸었다. 마을 끝에 있는 보리네 집 앞에 닿았다. 집에는 아무도 없는지 불이 꺼져 있었다. 뒷마당에 들어서니 움막이 보였다. 장막 사이로 빛이 새어 나오는 걸 보니 보리가 목각을 하고 있는 게 틀림없었다. 아비는 보리를 놀려 줄 생각으로 고양이처럼 살금살금 걸었다.

하지만 장막을 살짝 열어 보곤 소스라치게 놀랐다. 움막 안에는 만노와 미륵사에서 본 수상한 스님이 함께 있었다. 두 사람이 대화를 나누고 있는데 무슨 말을 하는지 알 듯 말 듯 했다. 중간중간에 '서라벌'이니 '역적'이니 '전쟁'과 같은 말이 나온 것 같았다.

만노가 한숨을 크게 내쉬더니 옷소매 안에서 뭔가를 꺼냈다.

"이것이면 되겠소?"

"좋소."

아비는 너무 놀라 소리를 지를 뻔했다. 만노의 품에서 나온 것은 하루 종일 목라수 박사가 들고 다니던 바로 그 초록색 비단 두루마리였던 것이다.

'만노 아저씨가 저 도면을 낯선 이에게 건네는 이유가 뭘까? 저자가 구층목탑 기술을 훔치러 온 세작이라면 어쩌지? 그럼 만노 아저씨가 세작과 내통하는 거야?'

생각만 해도 소름 돋는 일이었다. 마침 수상한 자가 불안한 듯 주위를 살폈다. 아비는 얼른 자리를 피했다. 사립문을 나서려는 순간, 갑자기 보리가 나타났다.

"아비야!"

보리가 반갑게 웃고 있었다. 오늘따라 왜 저리 해맑게 웃는 것인지, 가슴이 아팠다. 아비는 움막을 살폈다. 다행히 별다른 움직임은 없었다.

아비가 대꾸를 하지 않자 다시 보리가 물었다.

"이 밤중에 웬일이야?"

아비는 무슨 말을 해야 할지 몰라 입술만 들썩이다가 사립문 밖으로 뛰어나갔다. 보리는 달려가는 아비의 뒷모습을 보고 뭔가 잘못되었다는 걸 깨달았다.

아비는 미친 듯이 뛰었다. 얼굴은 땀과 눈물로 뒤범벅되었다. 모든 것이 달라졌다. 세상이 무너지고 있었다.

8. 금마저의 불길

“멈춰라! 무슨 일이냐?”

군인들이 창으로 아비 앞을 가로막았다. 낮에 목탑에서 본 낯익은 병사들이었다.

“바, 박사님의 사동 아비입니다. 박사님께 급하게 전할 말이 있어서요.”

“지금 회의 중이시니 기다리다가 분위기 봐서 들어가 보거라.”

목라수 박사의 집무실에서는 아직도 회의가 한창이었다.

“박사님은 우리 목공들의 솜씨를 믿지 못하십니까?”

도편수 해수의 카랑카랑한 목소리가 들려왔다. 아비는 정신을 차리고 생각했다.

'만약 지금 만노 아저씨와 수상한 스님의 일을 고한다면 큰 사달이 날 거야. 다들 기다렸다는 듯이 만노 아저씨를 세작으로 몰아갈 거라고. 그래, 조금만 더 기다리자.'

아비는 주위를 잠시 살피고 나서 커다란 기둥에 등을 대고 쪼그려 앉았다. 회의가 길어지자 자기도 모르게 긴장이 풀렸는지 깜빡 졸고 말았다.

'아비야, 어서 일어나!'

꿈결에 누군가 아비를 부르는 것 같았다. 아비는 흠칫 놀라 잠에서 깼다. 회의는 아직도 끝나지 않았다. 문득 잊고 있던 고니 생각이 났다.

'지금쯤 고니는 내 방에서 세상모르고 자고 있겠지. 그런데 그 세작이 내 거처를 아는 건 아닐까? 별채는 경비도 서지 않고 있던데…….'

마음속 불안이 점점 더 커졌다. 아무래도 고니를 살펴봐야겠다고 생각했다.

"에, 에취!"

별채 마당에 들어서자마자 매캐한 냄새 때문에 재채기가 났다. 출입문 위쪽 서까래에 불이 붙어 있었다. 아비는 불을 보자마자 큰 소리로 외쳤다.

"불이야! 불이야!"

아비가 목청껏 소리를 질렀지만 아무도 달려오지 않았다. 마음이 다급해진 아비가 이번에는 고니를 불렀지만 집 안에서도 인기척은 없었다.

'맞아! 고니는 잠귀가 어두워서 잘 땐 호랑이가 물어 가도 모른다고.'

아비는 불길이 더 번지기 전에 얼른 들어가서 고니를 데리고 나오기로 했다.

"고니야! 고니야!"

집 안은 어두웠고 연기도 뿌옇게 차 있어서 앞을 보기 힘들었다. 아비는 고니가 자는 쪽으로 발을 옮기다가 물컹한 것을 밟았다.

"아야! 내 다리……."

고니가 소리를 지르며 잠에서 깼다. 아비는 누워 있는 고니의 어깨를 잡고 흔들었다.

"고니야! 지금 불났어. 빨리 여기서 나가야 해."

"불이라고? 부, 부울? 사람 살려! 사람 사, 캑캑!"

고니는 불이 났다는 말에 놀라서 소리를 지르다가 연기를 들이마시고는 컥컥 댔다.

"아직 불이 크게 번지진 않았으니까 얼른 나가면 돼. 내 손을 잡아."

아비가 고니를 잡고 일으켰다. 집 안에 연기가 자욱했다. 아비는 한쪽 손으로 입과 코를 가리고 다른 손으로 고니의 손을 잡고는 문을 향해 조심스레 움직였다.

"이쪽이야!"

벽을 더듬어 겨우 문 앞에 다다른 순간, 갑자기 시뻘건 불덩이가 커지기 시작했다. 밖으로 나가는 문이 활활 타올랐다. 고니가 울부짖었다.

"아비야! 우리 어쩌냐? 이대로 죽는 거여? 앙! 아부지, 엄니……."

"걱정 마! 우린 절대 안 죽어!"

아비가 떨리는 목소리로 말했다.

연기가 더욱 심해졌다. 흐느끼던 고니가 잠잠해지더니 바닥에 털썩 쓰러졌다. 아비도 버티기 힘들었다. 쓰러진 고니 곁에 아비도 주저앉았다.

바로 그때, 밖에서 아버지 연담의 다급한 외침이 들렸다.

"아비야! 아비야!"

아비가 눈을 번쩍 떴다. 제대로 나오지도 않는 목소리를 쥐어짜 간신히 소리쳤다.

"여, 여기예요. 여기 고, 고니도 있어요."

아비의 목소리를 들은 연담은 고니까지 있다는 말에 소스라치게 놀랐다. 사람들이 물 항아리를 들고 왔다. 연담은 문을 향해 물을 끼얹었다. 그래도 불길이 잦아들지 않자 급한 마음에 물을 한 바가지 뒤집어쓰고 집 안으로 뛰어들려고 했다. 하지만 활활 타오르던 서까래가 무너지면서 연담의 앞을 막았다. 마을 사람들이 물을 뿌려 댔지만 불길은 쉽게 잡히지 않았다.

"비켜요!"

커다란 고함 소리가 들렸다. 천으로 얼굴을 가린 사내가 도끼를 들고 달려왔다. 그 도끼로 불붙은 서까래 조각과 나무 문짝을 사정없이 내려찍었다. 불타는 문이 부서져 바닥에 떨어졌다.

쓰러져 있던 아비의 눈에 불덩어리가 갈라지는 게 보였다. 부서진 문짝 사이로 입과 코를 천으로 가린 커다란 사내가 들어왔다. 사내는 문 앞에 쓰러져 있는 아비와 고니를 보자마자 양팔에 안고 밖으로 나왔다. 연담이 달려와 아비를 받아 안았다. 아비는 아버지 품에 안겨 가쁜 숨을 내쉬었다.

"아비야! 정신이 드는 게냐?"

"아버지……."

연담이 울먹이며 아비의 얼굴을 쓰다듬었다. 목라수 박사가 다급하게 아비를 찾았다.

"아비야! 괜찮은 것이냐?"

"박사님, 목탑 도면은 무사해요. 여기……."

아비가 힘겹게 삼베행낭을 박사에게 건넸다. 목라수 박사가 그걸 받고 탄식을 했다.

"어린 너에게 너무 큰 짐을 짊어지게 했구나. 아비야, 살아 줘서 고맙다."

목라수 박사는 이 모든 것이 자기 탓인 양 괴로워했다. 아비는 정신이 자꾸 흐려지는 걸 느꼈다. 아비는 목라수 박사에게 할 말을 남겨 두었다는 사실을 깨닫고 이를 악물었다.

"박사님, 제가 봤어요. 만노 아저씨 움막에서 수상한 사람이……."

아비는 말을 잇지 못하고 울기 시작했다. 목라수 박사가 아비에게 속삭였다.

"무얼 본 것이냐?"

"만노 아저씨가 박사님의 초록색 두루마리를 수상한 자에게 건넸어요."

아비는 목라수 박사 귀에만 작게 속삭이고는 말을 마치자마자 축 늘어졌다. 목라수 박사가 굳은 표정으로 말했다.

"걱정 마라. 그 일은 내가 처리할 터이니, 머릿속에서 모두 지우도록 하여라."

박사는 급하게 달려온 의원에게 아비와 고니를 당부하고 군인 두 명과 함께 어디론가 사라졌다. 아비는 잠시 잊고 있던 고니가 생각났다.

"아버지! 고니는요? 고니는 괜찮아요?"

"저쪽에서 만노가 돌봐 주고 있다. 그 사람 아니었으면 너도 고니도 이 세상 사람이 아닐 뻔했다. 이 은혜를 어찌 갚아야 할지……."

만노라는 이름을 듣는 순간, 아비는 뭔가 잘못되었다는 걸 깨달았다. 아버지가 가리키는 곳을 보니 만노가 쓰러진 고니를 안고 있었다. 그 순간, 아비는 불길 속에서 나타났던 사내가 만노라는 걸 깨달았다. 아비는 어지러웠다. 도대체 뭐가 어떻게 된 일인지 알 수가 없었다.

그때였다. 보리가 아비를 불렀다.

"아비야! 아비야!"

보리가 걱정스러운 표정으로 아비에게 다가오고 있었다. 보리의 동그란 눈을 보는 순간, 아비는 가슴이 철렁 내려앉았다. 자기도 모르게 아버지의 품에 얼굴을 묻었다.

"아비야, 왜 이리 떠는 것이냐?"

아버지가 아비를 감싸 안았다. 아비는 한참 동안 아버지의 품에서 사시나무처럼 떨었다. 잠시 후, 아비가 고개를 돌렸을 때 보리는 그 자리에 없었다.

"미안해, 미안해."

아비가 울먹였다. 갓 태어난 아기처럼 엉엉 울어 대더니 그대로 정신을 잃고 말았다.

아비는 밤새 고열에 시달리며 헛소리를 했다. 의원은 아비가 큰불에 놀라 경기를 일으킨 것이라 했다. 연담은 아들 곁을 지키며 밤을 꼬박 새웠다.

그날 밤, 목라수 박사는 탄 냄새가 가시지 않은 자신의 방에 홀로 앉아 있었다. 박사는 구층목탑의 도면을 한쪽에 두고 사비성에 화재 사실을 알리는 서신을 썼다. 그리고 미륵사에 파견된 사군부 방령에게 전갈을 보내 불을 낸 것으로 의심되는 정체불명의 스님을 찾으라 했다.

그때 문밖에서 익숙한 목소리가 들려왔다.

"목라수 박사님, 만노입니다. 잠시 들어가도 되겠습니까?"

9. 어디서 무엇이 되어 다시 만나리

꿈속에서 아비는 고향 매골의 나성 위에 올랐다. 시원하게 뻗은 사비성을 바라보고 있는데 겨드랑이가 간지러웠다. 양팔을 뻗어 보니 어느새 커다란 날개가 달려 있었다. 아비는 하늘을 날기 시작했다. 이사했다는 사비성의 기와집도 찾아보고 어라하가 계신 궁궐도 구경했다. 이번에는 남쪽으로 향했다. 금강을 따라 시원하게 날아서 금마저에 이르렀다. 아비는 날개를 접고 미륵사 목탑의 맨 꼭대기 지붕 위에 사뿐히 내려앉았다. 날개는 어느새 사라졌다.

“아비야! 아비야!”

누군가 아비를 불렀다. 보리였다. 저 아래에서 보리가 푸른색 치마를 입고 검은 머리를 길게 푼 채, 손을 흔들고 있었다. 목에는 아비가 준 초록빛 유리구슬이 빛나고 있었다. 아비는 반가운 마음에 날개가 없다는 걸 깜빡하고 뛰어내렸다.

"으악!"

아비가 비명을 질렀다. 꼼짝없이 죽었나 싶었는데 보리의 얼굴이 흐릿하게 보였다.

"내가 죽지는 않았나 보다."

아비가 중얼거렸다. 보리가 소리 없이 울고 있었다. 아비는 꿈인지 생시인지 구분할 수 없었다. 입을 달싹거렸지만 말이 나오지 않았다. 잠시 후 보리는 사라졌다. 아비는 다시 까무룩 잠이 들었다.

아비가 정신을 차리고 눈을 뜬 것은, 그로부터 꼬박 이틀이 지났을 때였다. 고개를 돌리니 아버지 연담이 머리맡에 앉아 졸고 있었다.

"아버지."

아버지가 놀라서 깨어났다. 아비의 이마에 손을 대어 보고는 숟가락으로 물을 떠먹였다.

"사흘 밤낮을 앓았다. 낮에는 땡이 어머니가 돌봐 주고 밤에는 내가 있었지. 그동안 의원이 와서 침도 놓고 했는데 열은 내려가지 않고 헛소리만 하더라."

멍하게 있던 아비가 다급하게 물었다.

"고니는요?"

"고니는 멀쩡하다. 지금 땡이네 집에 머물고 있지. 회복은 되었지만 연기를 마셔서 아직 조심해야 한단다. 참, 매골에 기별을 해 두었다. 사흘 뒤에 고니 아버지가 고니를 데리러 오신다는데 벌써부터 안 간다고 난리구나. 조와소에서 일을 하고 싶단다."

"고니가 예전부터 조와소에서 일을 하고 싶다고 졸랐어요. 꼭 시켜 주세요."

"알았다. 네 간청이니 그렇게 해 주마."

아버지가 고개를 끄덕였다. 아비는 조심스럽게 보리 소식을 물었다.

"보리는요? 만노 아저씨는요?

"그제 떠났다. 보리가 가기 전에 널 보러 왔는데 네가 정신을 못 차리고 있어서……."

아비는 깜짝 놀라 일어나 앉았다. 눈물을 흘리던 보리의 모습이 꿈이 아니었던 걸까?

“떠났다고요? 혹시 잘못된 건 아니죠? 어디로 끌려간 건 아니죠?”

“끌려간 게 아니라 박사님과 상의를 한 끝에 신라로 돌아가기로 했단다.”

아버지가 먼 데를 바라보며 말했다. 아비는 가슴이 철렁 내려앉았다. 오해해서 미안하다는 말도, 구해 줘서 감사하다는 말도 못 했는데, 이젠 다시 볼 수 없는 곳으로 가 버린 것이다. 아비는 울고 싶은 마음을 간신히 누르고 아버지에게 물었다.

“불을 지른 사람은 잡혔나요?”

“신라에서 보낸 세작의 소행이라고 하던데, 박사님이 보낸 군졸들이 그자를 잡으러 신라 국경까지 갔지만 그만 놓쳐 버렸다.”

아버지는 사건의 내막에 대해선 잘 모르는 듯했다. 아비가 조심스럽게 다시 물었다.

“보리와 만노 아저씨는 떠날 때 어떤 모습이었나요? 쫓기듯 떠난 건 아니겠지요?”

"자세한 사정은 나도 모른다. 그냥 그것이 두 사람에게 최선의 길이었다고 생각할 뿐이지. 신라 세작이 미륵사를 내 집처럼 드나들었단 사실만으로도 신라 사람인 만노는 이곳에 머물 수가 없게 됐어. 도망친 세작 대신 만노가 사비성으로 끌려갈 뻔한 걸 목라수 박사님께서 막아 주셨다고 하더구나."

아비는 아픈 가슴을 움켜쥐고 다급하게 물었다.

"혹시 보리가 남기고 간 말은 없어요? 아니면 편지 같은 것이라도."

"따로 남긴 건 없고, 움막에 네가 두고 간 것이 있다고, 꼭 챙기란 말을 하더구나."

남긴 게 없다는 말에 아비는 실망스러운 표정을 감출 수가 없었다. 이제 보리와는 끝이란 생각에 참았던 울음이 터져 나왔다. 아버지가 안타까운 표정으로 말했다.

"아비야, 목라수 박사님은 귀족의 편안한 삶을 박차고 스스로 험난한 장인의 길을 택하신 분이다. 네가 그분의 제자가 되고자 한다면 사사로운 마음부터 끊어야 한다."

아버지의 말을 듣고 아비가 발끈했다.

"보리는 저에게 꿈을 갖게 해 준 친구예요. 어떻게 그런 소중한 인연을 쉽게 끊어요?"

아들의 반격에 적잖이 당황한 연담이, 해서는 안 될 말을 하고 말았다.

"정신 차려라! 내가 왜 널 그리 박대했었는지 아느냐? 너는 말이야, 자칫하면 역적이 되어 나락으로 떨어질 수 있는 불길한 팔자를 타고났어."

그 말을 들은 아비가 차가운 표정을 지으며 말했다.

"그게 다 꿈 때문이잖아요. 제가 태어날 때 아버지가 꾸신 꿈 때문에 저를 박대하신 거 알고 있었어요. 잠귀가 밝아서 어머니와 아버지께서 다투시는 걸 다 들었으니까요. 목라수 박사님은 아버지와 달라요. 흉측한 꿈 따위로 누군가의 운명을 바꾸려 들지 않으시거든요."

연담은 큰 충격을 받았다. 아비의 말을 반박하고 싶었지만 뭐라고 해야 할지 몰라 입만 달싹였다. 아비가 아버지 연담의 마음에 쐐기를 박았다.

"이제 그딴 건 아무렇지도 않아요. 저는 오직 제 가슴이 원하는 꿈을 꿀 거니까요."

"이 녀석! 박사님의 총애를 받더니 기고만장하구나. 그래, 얼마나 대단한 꿈을 이룩하게 될지 내가 두 눈 크게 뜨고 지켜보마!"

연담이 차가운 말을 던지고 밖으로 나갔다. 혼자 남은 아비는 힘없이 쓰러졌다. 아버지에게 모진 말을 쏟아부은 자신을 책망하면서도 왠지 모르게 속이 후련했다.

그사이 연담은 달도 없이 어두운 밤하늘을 보며 아비의 말을 되새겼다.

'아비야, 그동안 마음고생이 많았구나. 이 우매한 아버지를 용서하지 말거라.'

다음 날 아침, 와박사 연담은 급한 전갈을 받고 사비성으로 향했다. 엿새는 지나야 돌아올 거라 했다. 그 기간 동안 땡이 어머니가 아비를 돌봐 줄 거라고도 했다.

아침을 먹자마자 고니가 아비를 찾아왔다.

"아비야! 살아났구나."

"고니야! 네가 무사해서 정말 다행이야."

고니와 아비가 서로를 얼싸안았다.

"만노 아저씨가 아니었으면 우리 저승 구경할 뻔했다."

고니의 말에 아비의 가슴이 저려 왔다. 고니가 이번에는 보리 얘기를 꺼냈다.

"아비야, 내가 너 대신 보리에게 작별 인사를 했어."

"어? 그래……."

아비가 난처한 표정을 지었다. 고니는 아랑곳하지 않고 말을 이어 갔다.

"해가 뜨기도 전인데 목라수 박사님이랑 너네 아버지, 공방 사람들도 많이 나와 있었어. 사람들마다 선물을 챙겨 주면서 작별 인사를 하더라."

"보리와 만노 아저씨, 떠나는 길이 외롭진 않았겠다. 다행이야!"

아비가 애써 태연하게 말했다. 고니가 뜬금없는 말을 꺼냈다.

"그런데 예쁘더라."

"누구? 보리가?"

"보리랑 유리구슬 둘 다!"

고니가 보리의 목에 걸려 있는 유리구슬을 본 모양이었다. 아비의 얼굴이 빨개졌다.

"그게, 미리 말하지 못해서 미안해. 유리공방 다녀온 날, 수레에 떨어져 있더라고."

"괜찮아. 네가 일부러 그런 것도 아니고. 덕분에 내가 이곳에 오게 되었잖아."

"그렇게 얘기해 주니까 정말 고맙다."

아비와 고니가 그간 밀린 이야기를 하고 있을 때 문이 벌컥 열렸다. 아진이었다.

"아비야! 드디어 깨어난 것이냐? 며칠 동안 얼마나 걱정을 했는데……."

"아진아, 언제 왔어?"

"언제긴? 경축 법회 보려고 며칠 전에 왔다가 법회는 가 보지도 못했다. 보리와 만노 아저씨는 떠났다지, 고니와 넌 쓰러져 있다고 하지. 의원이 처방해 준 약을 달일 사람이 없다고 해서 내가 했다. 근데 둘은 희희낙락하고 있다니……."

"희희낙락이라니, 나 죽다 살아온 사람이야."

"알아, 안다고!"

고니와 아진이 티격태격 장난을 쳤다. 아비가 지친 표정으로 아진에게 말했다.

"아진아, 고니가 아직 미륵사 구경을 못 했대. 네가 나 대신 구경시켜 주면 안 될까?"

"고니는 이 형님이 책임질 테니 너는 아무런 걱정 말고 푹 쉬어라."

아진이 고니를 데리고 미륵사로 갔다. 혼자 남은 아비는 천천히 일어나 문을 나섰다. 보리네 집에 가기 위해서였다.

'두고 간 것을 찾아가라 했다지. 내가 무척이나 원망스러웠겠지.'

이런저런 생각을 하다 보니 어느새 보리네 집 앞에 와 있었다. 아비는 조심스럽게 뒷마당으로 들어섰다. 움막이 그 자리에 그대로 있었다. 아비는 움막 입구에 달린 장막을 걷었다. 장막 안은 어둑어둑했다. 아비는 안으로 들어가려다가 멈칫했다. 무서웠던 그날의 기억이 떠올랐다. 움막 입구에서 발길을 돌리려는 순간, 보리와 만노 아저씨와 함께했던 행복한 순간들이 생각났다. 아비는 결국 안으로 들어갔다. 입구에 놓인 등잔에 불을 켜자 눈에 익은 공간이 나타났다.

'아! 저기에 두었구나.'

아비가 떨어뜨리고 간 자루가 작업대 위에 있었다. 선반 위에는 아비가 만들었던 작은 기와집도, 목공에 쓰이는 여러 가지 공구도 그대로였다. 하지만 보리 어머니의 초상화가 있던 자리는 텅 비어 있었다. 아비는 한참 동안 멍하게 앉아 있었다. 혼자서 뭘 어떻게 해야 할지 막막했다.

문득 목라수 박사가 그린 목탑 도면들이 떠올랐다. 아비의 머릿속에 '돌을 나무처럼 써 보면 어떨까?' 하는 생각이 떠올랐다. 아비는 우선 자루에 든 돌조각들을 작업대 위에 부었다. 작업대 위에 여러 가지 모양의 돌조각이 쌓였다. 크기도 모양도 가지각색이었지만 최대한 비슷한 것끼리 모아서 정리를 했다. 그다음에는 끌과 정 그리고 망치로 돌조각을 조심스럽게 다듬었다. 망치로 못을 우그려서 고리를 만들고, 진흙을 물에 개어 반죽도 해 놓았다.

어느새 점심때가 되었다. 잠시 움막을 비워 두고 땡이네 집으로 갔다. 거기서 간단히 요기를 하고 저녁으로 먹을 주먹밥을 얻어서 다시 움막으로 향했다. 아비는 숯을 들고 납작한 나무판에 탑을 그렸다. 다음에는 두꺼운 널빤지 위에 진흙을 바르고 가장 아래층부터 돌을 쌓기 시작했다. 납작한 돌은 다듬어서 탑의 지붕으로 썼다. 비록 돌덩이지만 박사의 도면대로라면 목탑의 연결 부분처럼 아귀를 맞추어야 했다. 어느새 밤이 됐다. 고니와 아진이 찾아왔지만 잠깐 얼굴만 보이고 돌려보냈다.

그렇게 정신없이 작업을 하다 보니 날이 샜다. 드디어 두 척 높이의 작은 돌탑이 완성되었다. 일을 마치고 보니 손과 팔이 온통 상처투성이였다. 아비는 완성한 돌탑을 들고 목라수 박사에게 가기로 했다. 아비는 목라수 박사가 이른 새벽에 하루도 빠짐없이 책을 읽는다는 것을 알고 있었다. 혹시나 했는데 다행히 박사의 처소에 불이 켜져 있었다.

"박사님, 아비입니다."

"이른 새벽부터 무슨 일이냐? 들어오너라."

아비는 돌탑을 올린 나무판을 들고 조심조심 문턱을 넘었다. 목라수 박사는 꼿꼿한 자세로 의자에 앉아 있었다. 아비는 탁자 위에 돌탑을 조심스레 내려놓았다.

"박사님께서 내 주신 시험에 대한 저의 답입니다."

"아니, 이건 돌로 된 탑이 아니더냐?"

목라수 박사가 놀란 듯 입을 다물지 못했다. 아비가 또렷한 목소리로 말했다.

"천 년이 흘러도 끄떡없는 튼튼한 탑을 만드는 방법을 찾아오라 하셨지요? 아무리 궁리해 봐도 돌만큼 튼튼한 재료를 찾기는 어려웠습니다. 문제는 돌로 탑을 세우는 방법인데, 솜씨 좋은 석공만 있다면 돌을 나무처럼 쌓을 수 있지 않을까 생각했습니다."

목라수 박사가 아비의 설명을 듣고 돌탑을 이리저리 살피더니 말문을 열었다.

"나는 오래전부터 돌로 탑을 쌓아 보고 싶었지만 그 생각을 입 밖에 꺼낸 적은 한 번도 없었다. 세상에 없는 탑을 만들자고 했다가 괜히 맞네, 그르네 하는 분란을 일으키고 싶지 않았어. 그래서 오랫동안 그 생각을 머릿속에만 담아 두었다. 그런데 아비 너는 기어코 돌탑을 만들어 가져왔구나. 나도 생각만 하고 포기했던 것을 말이다!"

"제가 어찌 감히……. 전 그저 가까운 곳에서 답을 찾으려 했을 뿐입니다."

아비가 머리를 조아렸다. 박사는 아비의 돌탑을 아주 천천히 살폈다.

"얇은 판석으로 지붕 흉내도 내고 돌을 나무처럼 끼워서 쌓았구나. 그래, 이렇게 목탑처럼 석탑을 만들면 되겠어!"

목라수 박사가 빙그레 웃으며 말했다.

"자, 이제 넌 누가 뭐래도 목부의 달솔 목라수의 제자이다. 미륵사 공사가 마무리되면 사비성으로 돌아가 그 사실을 모든 사람들에게 알리겠다. 그리고 너를 목부 학교에 입학시켜 처음부터 차근차근 공부할 수 있도록 해 주겠다."

아비는 크게 환호성을 지르고 싶었지만 가까스로 참았다. 목라수 박사가 말했다.

"아비야, 만노와 보리 부녀의 일로 많이 힘들었다는 걸 잘 안다."

아비의 표정이 어두워졌다. 아비는 박사에게 그날의 진실을 여쭙기로 했다.

"그날 밤 만노 아저씨께서 신라 세작에게 박사님의 두루마리를 건네는 걸 똑똑히 보았습니다. 도대체 그건 무엇이었습니까?"

목라수 박사가 잠시 눈을 감고 무언가를 생각하더니 천천히 말문을 열었다.

"불이 나기 며칠 전에 만노가 나를 찾아왔다. 신라에서 보낸 세작이 미륵사 목탑의 도면을 내놓으라며, 안 그러면 주변 사람들을 해칠 거라고 협박했단다. 나는 진짜 목탑의 설계 도면이 아니라 비슷하게 흉내를 낸 가짜를 세작에게 주라고 했다. 만노가 그걸로 시간을 끌면 내가 군사를 보내서 잡을 요량이었어. 그런데 눈치 빠른 작자가 이상한 낌새를 눈치채고 함정을 빠져나갔지."

"네? 그게 가짜였다고요? 그럼, 불은 왜 지른 거죠?"

"아마 도망갈 시간을 벌기 위해 그랬을 거다. 날 해치기엔 경비가 삼엄했겠지."

아비는 목라수 박사의 이야기를 듣고 그날의 모든 진실을 알게 되었다. 만노 아저씨와 보리에 대한 오해는 풀렸다. 하지만 두 사람이 도망치듯 금마저를 떠나게 된 것이 자기 때문이라는 죄책감은 더욱 커졌다. 아비가 울먹이며 물었다.

"그 일만 아니었다면, 만노 아저씨는 떠나지 않으셨겠죠? 보리도 제 곁에 있었겠죠?"

"아니다! 그날 밤 만노가 찾아와 더 이상은 버티기 힘들다고 말했지. 보리만큼은 주눅 들지 않고 당당하게 살도록 하겠다고. 만노는 자기 때문에 아비 네가 죽을 뻔했다며 자책했다. 보리도 떠날 때까지 네 걱정을 했다. 이걸 너에게 전해 주라고 하던데……."

목라수 박사가 아비에게 길쭉한 대나무 막대기를 내밀었다. 자잘한 눈금이 가득했다.

"아니, 이것은 자 아닙니까?"

아비가 깜짝 놀라 박사에게 물었다. 목라수 박사는 흐뭇한 표정으로 말했다.

"맞다. 고구려척으로 된 자이지. 보리가 급하게 내 자를 빌려 달라기에 왜 그러나 했는데 이걸 만들려고 그랬구나. 치수도 정확하고 옻칠 마무리도 깔끔하다."

아비는 손가락으로 자의 눈금 하나하나를 만져 보았다. 목라수 박사가 말했다.

"모든 사물엔 앞면이 있으면 뒷면도 있는 법! 얼른 뒤집어 보거라."

아비가 자를 뒤집었다. 오른쪽 모서리에 네 글자, 왼쪽 모서리에 네 글자, 모두 여덟 글자가 정성스럽게 새겨져 있었다.

"아비지척(阿非之尺), 물망보리(勿忘普利)."

아비는 보리가 남긴 글귀를 몇 번이고 읽어 보았다. 아비지척은 말 그대로 그것이 아비의 자라는 뜻이고, 물망보리는 보리 자신을 잊지 말라는 뜻이다.

"보리가 떠나는 날 새벽에 이걸 가지고 갔는데 네가 깨어나지 않아 전하지 못했다고 하더라. 나더러 전해 달라 부탁하였다."

아비가 보리가 준 아비지척을 품에 안고 조용히 흐느꼈다. 목라수 박사가 아비의 상처투성이 손을 보고 걱정스러운 표정을 지었다.

"꼴이 말이 아니구나. 얼른 돌아가서 쉬도록 하여라. 스스로의 몸을 돌보는 것은 내 제자로서 가장 먼저 해야 할 일이다."

"네, 박사님."

아비가 박사의 처소를 나섰다.

목라수 박사는 아비가 두고 간 돌탑을 살폈다. 투박한 솜씨였지만 보면 볼수록 목라수 박사의 가슴을 뛰게 만드는 힘을 지니고 있었다.

"그래! 해 보는 거다. 내 인생 마지막 탑을 돌로 세워 볼 것이다."

아비는 보리와 함께 올랐던 마을 뒷산에 올랐다. 미륵사가 한눈에 들어왔다. 아침 햇살을 받은 목탑 지붕의 기왓장이 반짝거렸다. 금당의 처마가 날갯짓을 하며 날아오르는 듯했다. 모든 것이 눈이 부시게 아름다웠다. 아비는 동쪽을 향해 크게 소리를 질렀다.

"보리야, 보리야! 내가 꼭 찾아갈게, 기다려!"

아비의 목소리가 메아리가 되어 돌아왔다. 아비는 두 손을 모아 기도했다.

'미륵 부처님, 보리와 만노 아저씨가 어디에서 살든 건강하기를 기원합니다. 우리가 사는 세상에 전쟁이 사라지고 모든 중생이 행복하게 살 수 있도록 도와주세요.'

아비가 가슴팍에서 아비지척을 꺼내 들었다. 그 손으로 뭔가를 그리듯이 허공을 휘저었다. 아비의 상상 속에서 금마저 들판에 아름다운 탑과 절이 끝없이 들어섰다. 매 한 마리가 커다란 날개를 펴고 동쪽 하늘로 날아갔다. 아비의 눈길이 매 날갯짓을 따라 산을 넘고 강을 넘었다.

그렇게 십수 년의 세월이 흘렀다.

10. 아비의 귀향

서기 641년 6월, 초여름 날씨가 제법 후끈했다. 바닷바람이 아비의 얼굴을 때렸다.

'지금쯤 구드래 나루터엔 이 배를 기다리는 사람들이 모여들고 있겠지?'

지난 1년 동안 아비는 지진으로 기울어져 가는 법륭사 목탑을 바로 세우기 위해 왜에 있었다. 법륭사 목탑은 30여 년 전에 백제의 기술을 바탕으로 세워진 것으로, 지진 때문에 보와 도리가 틀어져 점점 기울고 있었다. 아비는 하루에도 몇 번씩 찾아드는 지진에 당황했지만, 면밀히 계산한 끝에 심주에 보와 도리를 꽉 물리는 대신 오히려 틈을 만드는 게 나을 거라는 결

론에 이르렀다.

아비는 모든 작업이 끝나자마자 서둘러 백제로 향하는 배에 올라탔다. 무왕께서 승하하신 지 석 달이 지났기에 하루빨리 돌아가야 했다.

11년 전, 미륵사 공사 현장에서 잔심부름을 하던 소년 아비는 목라수 박사의 눈에 들어 제자가 된 후, 약관(스무 살)의 나이가 되기도 전에 목부의 기술학교를 우등으로 졸업했다. 이후 수년간 목라수 박사의 수제자로서 사찰과 궁궐, 관청을 망라하는 건축 기술을 익혔다. 특히 5층 이상의 높은 목탑을 쌓는 기술은 목라수 박사에게서 직접 전수받았다. 5년 전에 목라수 박사가 세상을 떠나자, 사람들은 이제 아비는 '끈 떨어진 연'이라며 수군거렸다. 하지만 아비는 벼락으로 소실된 제석사와 왕흥사의 목탑을 새롭게 쌓아 올리고 백제 최고의 장인으로 자리를 잡았다.

아비는 눈을 감고 그리운 사람들을 생각했다. 아들의 귀환을 위해 새벽마다 불공을 드린다는 어머니, 지난해 풍을 맞아 오른쪽 팔을 못 쓰게 되신 아버지, 형 아소와 형수님, 그리고 다섯 살배기 조카 공이……. 어린 시절 금마저에서 만난 땡이와 혼인을 한 고니, 청년 장수로 이름을 날리는 아진도 보고 싶었다. 또 생각만 해도 가슴이 시려 오는 이름, 보리! 금마저에서 그 아이와 함께했던 추억은 세월이 흐를수록 어제 일처럼 선명해졌다.

저 멀리에 오색 깃발이 나부끼는 구드래 나루터가 보이기 시작했다.

"아자비(삼촌의 옛말)!"

아비가 땅을 밟자마자 조카 공이가 뛰어와 안겼다. 아비는 공이의 발그레한 뺨을 어루만졌다. 안 본 사이에 몰라볼 정도로 자라 있었다.

"우리 대장님 무사히 오셨소?"

고니가 히죽거리며 다가왔다. 형 아소는 어머니를 부축했다. 아비가 조심스레 조카를 내려놓고 어머니의 손을 맞잡았다. 아버지는 불편한 몸 때문에 집에서 기다리신다고 했다.

그때 붉은색 관복을 입은 관리가 군인 대여섯 명을 이끌고 아비에게 다가왔다.

"대목장 아비. 그동안 왜에서 고생 많으셨소. 어라하께서 이를 치하하시며 백제 땅을 밟자마자 입궐하라는 명을 내리셨소."

지난 3월, 백제 무왕이 세상을 떠나자 태자인 의자가 왕위에 올랐다. 무왕은 40여 년간 백제를 다스리며 백제의 부흥을 이끈 성군이었고, 누구보다도 장인들을 우대하여 기술의 발전에 힘을 썼다.

아비는 어라하의 부고를 듣고도 석 달이나 늦게 귀국을 하게 되어 새로운 어라하의 노여움을 산 게 아닐까 걱정이 되었다. 아비는 가족들을 뒤로하고 의자왕이 보낸 말에 올랐다.

아비는 어라하가 계신 대전으로 조심스럽게 들어섰다. 저 멀리 용상에 앉아 있는 의자왕의 모습이 보였다. 의자왕은 아비를 보자마자 왜에서의 활약에 대해 치하를 하더니 단호한 목소리로 명을 내렸다.

"정림사 칠층목탑을 허물고 그 자리에 구층목탑을 새로 올리거라."

"예? 지금 정림사 목탑을 허물라는 말씀이십니까?"

아비가 상기된 표정으로 되물었다. 정림사 목탑은 목라수 박사가 설계하고 올린, 사비성의 상징과도 같은 건물이었기 때문이다.

“감히 과인이 내린 명령에 의문을 품는 것이냐?”

의자왕이 불쾌한 듯 언성을 높였다. 아비의 머릿속이 하얘졌다.

“아, 아니옵니다. 다만 정림사 목탑은 돌아가신 스승이 백제의 건축 기술을 망라하여 쌓으신 탑인 까닭에…….”

사색이 된 아비를 노려보던 의자왕이 돌연 표정을 부드럽게 바꾸었다.

“사실 정림사 목탑은 내 어머니의 흔적이 유일하게 남아 있는 곳이다. 그 목탑의 사리공(불탑 안에 사리를 넣는 공간) 안에 어머니께서 공양한 금불상이 모셔져 있지.”

아비는 그 순간 머릿속 실타래가 단번에 풀리는 듯했다. 무왕께 미륵사 창건을 건의했던 이는 원래 의자왕의 모친인 선화왕비였다. 하지만 공사가 시작된 지 얼마 지나지 않아 병을 얻어 세상을 떠나시고, 미륵사는 계비인 사택 왕비의 후원으로 완성되었다.

“어머니께서 돌아가셨을 때 난 고작 열 살이었다. 신라와의 전쟁이 한창이던 시절이었지. 신라에선 그곳 공주 출신인 어머니에 대한 기록을 모두 지워 버렸다. 마치 세상에 존재하지 않았던 것처럼 말이다. 백제 왕실도 마찬가지였지. 어머니께서 발원했던 미륵사 불탑을 새어머니 사택비가 발원한 것으로 바꿔 놓았으니까."

의자왕은 가슴속에 담고 있던 응어리를 아비 앞에 꺼내 보였다. 아비도 자신의 생각을 솔직히 고하기로 했다.

"목라수 박사는 다르셨습니다. 도읍을 옮기시려는 어라하의 뜻을 받잡고 황무지였던 금마저에 미륵사를 세우고는 구층목탑과 석탑을 쌓았습니다. 비록 완공을 두 해 앞두고 세상을 떠났지만 돌탑은 목라수 박사가 처음으로 만든 것입니다."

"알아! 목라수 공을 탓하는 것이 아니다. 그저 내 어머니의 탑이 사택 가문의 후원으로 지어진 미륵사 목탑만큼은 높아야 한다는 것이다."

의자왕의 말투가 조금 부드러워졌다. 아비는 자신의 소신을 좀 더 적극적으로 말했다.

"구층목탑의 건설은 엄청난 자원이 동원되는 일입니다. 국력의 소모를 조금이라도 줄이려면 정림사 목탑을 애초의 설계도에 따라 차례대로 해체하고 그 부재를 최대한 재활용해야 할 것입니다."

아비의 말에 의자왕이 고개를 끄덕였다. 그리고 아비를 정림사 목탑 개축 공사의 책임자로 임명했다. 귀국 직후에 맡은 막중한 직무로 아비의 어깨가 무거워졌다. 무엇보다도 스승의 목탑을 허물어야 한다는 것이 가장 힘들고 괴로운 일이었다.

'제가 스승님께서 쌓으신 탑에 감히 손을 대려고 합니다. 제발 노여워 마시고 바른길을 찾을 수 있게 도와주십시오.'

아비는 궁에서 내준 말을 마다하고 이런저런 생각을 하면서 집까지 걸어갔다. 사비성 끝자락에 아비의 부모님과 형 가족이 함께 사는 기와집이 있었다. 귀족의 저택처럼 드높은 처마도 없고 화려한 전돌로 장식된 담장도 없었지만, 오래전 돌아가신 무왕께 하사받은 소중한 보금자리였다.

고니가 아비를 반기며 달려왔다.

"아비야! 어서 와라. 너 기다리느라 음식을 앞에 두고도 쫄쫄 굶었다."

집 안은 완전히 잔치 분위기였다. 마당에는 커다란 멍석이 깔려 있고 넓은 상 위에는 음식이 수북하게 쌓여 있었다. 형수인 달래와 고니의 아내 땡이는 웃음꽃을 피우며 가마솥에서 국을

퍼내고 형 아소는 화덕에 고기를 구웠다. 조카 공이와 고니 아들 정이는 깔깔대며 마당을 뛰어다녔다. 아버지는 중풍에 걸려 불편한 다리를 하고 문 앞까지 나와 아비를 반겼다. 아버지가 걱정스럽게 물었다.

"어라하께서 어찌 널 부르셨느냐?"

"왕실 사찰의 목탑 공사를 맡기신다고 합니다. 좋은 일이니 걱정 마세요."

이번에는 어머니가 달려와 아비의 얼굴을 매만지며 물었다.

"아비야, 왜 이렇게 마른 것이냐?"

"배를 타고 오다가 멀미를 해서 그렇지요."

커다란 상에 가족 모두와 고니 식구들까지 함께 둘러앉아 배불리 음식을 먹었다. 기분이 좋아진 고니가 노래를 부르기 시작했다. 흥이 많은 땡이가 그 옆에서 어깨춤을 추었다. 고니와 땡이의 행복한 모습을 보니 보리가 떠올랐다. 보리도 지금쯤 시집을 가서 누군가의 아내가 되어 있으리라. 하지만 자기처럼 혼인을 안 했다면 언젠가 다시 만날 기회가 있을지도 모른다고 생각했다.

저녁 식사가 끝나고 사랑방에서 아비와 고니가 술잔을 기울였다. 아비가 술을 따르며 물었다.

"고니야, 요즘 농사일은 어때? 매촌에서 제일 넓은 논의 주인이 되었다지."

"말도 마라. 아버지께서 갑작스레 돌아가시는 바람에 땅도, 농사일도 물려받았지만 내 일이 아닌 것 같아. 그러니까 도편수 어른께 내 자리 좀 알아봐 줘."

"아서라! 나야 홀몸이니 어디서 뭘 하든 괜찮지만 너에겐 식솔이 있지 않느냐."

"땡이 걱정은 마라. 뭐든지 알아서 잘하니깐. 그러니 부탁이다."

아비가 못 말리겠다는 듯 고개를 절레절레 흔들고는 고니에게 물었다.

"혹시 아진에게선 기별이 있었니?"

"아니. 전투에 나가 큰 공을 세웠단 얘기는 들리더라."

고니가 심드렁하게 말했다. 아비가 왜에 가 있는 동안 아진은 고니에게 기별도 안 한 모양이었다.

어린 시절, 아진은 병마와 싸우는 어머니를 위해 의박사가 되겠다던 착한 친구였다. 하지만 열일곱 살이 되던 해에 어머니가 돌아가시자 그 꿈을 접었다.

“의박사가 될 이유가 없어졌어. 이제는 아버지처럼 백제 최고의 장수가 될 거야.”

아진은 그때부터 칼을 잡고 무예를 익히기 시작했다. 조금만 걸어도 숨이 차던 약골 소년은 건강해졌다. 키도 훌쩍 자라 구척장신의 사내가 되어 전쟁터를 누볐다. 귀족 가문의 소진이라는 아름다운 여인과 혼인도 했다.

그러나 행복은 오래가지 않았다. 혼인을 한 지 1년도 안 되어 소진은 홍역에 걸려 세상을 떠났다. 전쟁터에서 돌아온 아진은 아내의 죽음 앞에서도 의연했다. 소진의 장례를 치르자마자 갑옷을 입고 다시 전쟁터로 나갔다. 사람들은 그런 아진을 비정하다 했지만 아비는 알고 있었다. 아진이 그 누구보다 여리고 착한 사람이란 것을 말이다.

11. 백제 대목장 아비

정림사 목탑을 해체하고 새롭게 9층으로 쌓아 올린다는 소식에 백제 전역에서 목공, 석공, 와공, 노반공 등 모든 분야의 실력자들이 모였다. 그 틈에 고니도 슬그머니 들어와 있었다. 도편수 명진이 고니를 불렀다.

"자네! 또 아비 대장 뒷배만 믿고 게으름 피우면 얼씬도 못하게 할 것이야."

고니가 명진에게 굽신거리며 다시는 실망시키지 않겠다고 약속했다.

명진이 아비의 작업실에 들렀다. 커다란 작업대 위에는 종이가 잔뜩 쌓여 있었다. 아비는 바둑돌 여러 개를 이리 놨다, 저리 놨다 하면서 목탑 각층에 배치할 기둥의 개수와 간격을 계산하고 있었다.

“아이고, 기다리게 해서 죄송합니다.”

인기척을 느낀 아비가 자리에서 일어나 평면도 몇 장을 도편수 명진에게 주었다.

“이것이 스승님께서 정림사 목탑을 세울 때 그려 두신 평면도입니다. 해체하기 전에 목공들에게 꼭 보여 주시고, 기둥의 무게와 두께대로 순서를 정하도록 하여 주십시오. 해체된 부재는 다시 치목(다듬고 손질하는 일)하여 활용할 수 있게 조치해 두세요.”

그로부터 몇 달이 지났다. 새해가 되자마자 의자왕은 최강의 군인들을 이끌고 백제 방방곡곡을 누볐다. 백제 전역의 백성들 살림살이를 살피며 민심을 달래고 국정을 안정시키기 위한 것이었다. 그사이, 정림사 칠층목탑의 해체가 끝났다.

642년 7월, 의자왕이 직접 군대를 이끌고 신라를 공격한 끝에 신라 전역에서 마흔 개가 넘는 성을 함락시켰다. 전쟁에서 이기고 돌아오는 의자왕의 눈에 어느새 7층까지 올라온 정림사 목탑이 보였다. 왕은 흡족한 미소를 지었다.

의자왕은 전쟁터에서 돌아오자마자 윤충 장군에게 1만의 군사를 내주고는 서라벌로 향하는 길목에 있는 대야성을 치라는 명령을 내렸다. 대야성 성주는 김품석으로 신라 선덕여왕의 조카인 김춘추의 사위가 되는 자였다. 그는 천성이 방탕한 자로서 김춘추의 딸인 고타소를 부인으로 맞이하고도 여러 명의 첩을 거느렸고, 그것도 모자라 부하인 검일의 아내를 탐했다. 이에 의자왕이 보낸 세작이 검일과 비밀리에 접촉하여 신라를 배신하게 만들었다. 이때 대야성의 내부로 침투했던 세작은 다름 아닌 목아진이었다.

아진의 사주를 받은 검일이 대야성 창고에 불을 지르자 성안의 신라 군사들은 불을 끄느라 우왕좌왕했다. 그러는 사이에 백제군의 총공격이 시작됐고 마침내 대야성의 성문이 활짝 열렸다. 아진은 가장 먼저 성안으로 들어갔다. 대야성은 지키려는 자와 빼앗으려는 자의 처절한 싸움으로 피바다가 되었다. 마침내, 승리를 확인한 아진이 거친 숨을 내쉬며 피 묻은 칼을 내려놓았다.

'어릴 적엔 사람 목숨을 살리는 의원이 되고자 했지만 지금

은 목숨을 빼앗는 야차가 되어 버렸구나.'

아진은 승리의 기쁨 대신 수많은 이를 죽였다는 죄책감에 멍하니 서 있었다. 그사이 백제군이 숨어 있는 신라군을 색출하고 있었다.

"제발 살려 주세요. 저는 군졸이 아닙니다. 목공 일을 배우고 있어요."

변성기도 넘기지 못한 소년의 목소리가 들렸다. 지푸라기 더미 속에 열너덧 살 정도 되어 보이는 소년이 숨어 있다가 백제 군졸에게 발각돼 끌려 나오고 있던 것이다.

"군인이 아니면 우리 백제군의 동태를 살피는 세작이겠지."

백제군의 칼끝이 그 소년의 목을 겨누었다. 그때, 아진이 큰 소리로 외쳤다.

"안 돼! 무고한 백성들의 목숨을 더 이상 빼앗지 마라!"

소년은 간신히 목숨을 구했지만 포로가 되어 사비성으로 끌려가게 되었다.

백제군은 승전고를 울리며 돌아왔다. 의자왕은 크게 기뻐하며 사비성 입구까지 나가 백제군을 맞이했다.

의자왕이 백마를 타고 개선 행렬의 선두에 섰다. 그 뒤를 윤충 장군을 비롯한 장수들이 따랐다. 아진은 말을 타고 윤충 장군의 곁을 지켰고, 그 뒤를 일반 병졸들과 부상병들이 따랐다. 그 행렬의 끝에는 천 명도 넘는 남녀 포로들이 족쇄를 찬 채 걷고 있었다.

의자왕은 백성들의 환호 소리를 들으며 인생 최고의 기쁨을 경험하고 있었다. 그의 눈에 드높은 정림사 목탑이 보였다. 어느새 탑의 구조체는 9층까지 완성되어 있었다.

"하하! 이렇게 기쁜 날 구층목탑을 볼 수 있으니 얼마나 좋은가."

아비는 목탑 꼭대기에서 승전 행렬을 지켜보고 있었다. 고니가 9층으로 올라왔다.

"아비 대장. 어라하께서 목탑 공사 현장의 일손을 도우라고 포로들을 보내신다네."

며칠 후, 포로로 끌려온 신라 젊은이 수십 명이 군대의 통제를 받으며 정림사에 도착했다. 이들은 낮에는 공사 현장에서 일을 거들고 밤에는 정림사 근처에 마련된 수용소에서 백제군의 통제를 받게 되었다. 일꾼들이 늘어나자 정림사 구층목탑 공사의 속도가 빨라졌다.

드디어 가장 중요한 관문인 노반 공사가 남았다. 부역을 나온 사람들과 포로들이 하나가 되어 녹로(무거운 자재를 들어 올리는 운반 연장)에 연결된 줄을 잡아당겨 노반을 지붕 위로 올렸다. 마침내 거대한 금속 장식이 목탑 꼭대기 위에 올라가 자리를 잡았다.

"와와, 만세! 만세!"

포로들과 일꾼들이 다 같이 환호성을 질렀다. 그들 사이에 백제니, 신라니 하는 구분은 필요 없었다.

그날 밤, 아비의 지시 아래 정림사에서 일하는 모든 사람을 위한 잔치가 열렸다. 아비는 일꾼들에게 일일이 음식을 권하며 격려했다.

"그동안 고생들 많았소. 오늘 밤만큼은 눈치 보지 말고 맘껏 드시오."

아비는 구석에 모여 있는 신라 포로들에게도 직접 음식을 가져다주었다. 모두 허겁지겁 먹느라 바쁜데 어린 소년 한 명이 아비에게 다가와 말을 걸었다.

"아비 대장님, 제 목숨을 구해 주신 은혜 잊지 않겠습니다!"

보름 전 5층 처마에 올릴 커다란 기왓장이 흔들리는데 그것도 모르고 아래에서 일을 하던 소년이었다. 아비가 달려가 그 소년을 안고 뒹굴어 화를 피했었다.

"자네 이름이 무언가?"

"오기라고 합니다. 만노 어른께 아비 대장님 어린 시절 얘기를 들었어요."

신라에서 온 소년의 입에서 만노라는 이름이 나오자 아비는 화들짝 놀랐다.

"방금 만노라 하였느냐? 네가 그분을 아느냐?"

"네! 제가 그분 제자인걸요. 대야성에 심부름을 왔다가 졸지에 포로가 되었지만요."

아비의 심장이 뛰기 시작했다. 오랜 세월 그토록 기다렸던 소식을 이렇게 듣게 될 줄이야. 오기가 전하는 바에 따르면 만노는 서라벌에서 유명한 목공이 되어, 왕궁과 사찰을 짓는 현장에서 도편수로 활약하고 있다고 했다.

아비가 다급하게 물었다.

"혹시 그분의 따님 소식을 아느냐?"

"따님이 한 분 있다고는 들었는데 뵌 적은 없습니다."

그 순간, 아비의 머릿속에 여러 가지 생각이 오갔다. 시집을 가서 소식을 모르는 건가? 머리를 깎고 출가를 한 건 아니겠지? 그때 오기가 뭔가 생각난 듯했다.

"참! 따님이 궁에 계신다는 얘기를 들은 것 같아요."

아비는 '궁'이란 말에 놀라서 말까지 더듬었다.

"구, 궁이라면 궁녀가 된 것이냐?"

"글쎄요. 제가 아는 건 그것밖에 없어서요."

오기가 머리를 긁으며 말했다. 아비는 보리 소식을 자세히 알 수 없어 애가 탔지만 만노와 보리, 두 사람 모두 살아 있음을 확인한 것만으로도 기뻤다.

"정말 듣고 싶은 소식을 전해 주었다. 고맙다."

아비는 오기를 사동으로 삼아 곁에 두기로 했다.

고니가 뛰어왔다.

"아비 대장! 아진이가 왔어."

대야성 전투에서 돌아온 지 두어 달이 지났는데 아무 소식이 없어 걱정하던 차였다. 아비는 반가운 마음으로 달려가 아진을 안았다.

"아진아! 그동안 뭐 하다가 이제야 왔어?"

"그냥 좀 쉬었다."

아진이 피곤한 표정으로 말했다. 고니도 달려와 아진을 끌어안았다.

"아진아! 반갑다, 반가워! 얼른 조용한 곳으로 가서 한잔하세!"

고니가 바구니에 안줏거리를 잔뜩 담아 친구들을 이끌었다. 오기는 그 모습을 물끄러미 보고 있다가 고개를 갸웃거렸다.

'저 아진이란 사람, 어디서 본 것 같은데?'

오기는 대야성 전투에서 자신을 구해 준 백제 장수를 떠올렸다. 하지만 전쟁터를 누비는 장수가 공사 현장을 찾을 리는 없다 여겼다.

아비의 숙소에서 술자리가 벌어졌다. 고니가 흥건히 취해 주절거렸다.

"나는 말이여, 어릴 때부터 농사하고는 안 맞었어. 내가 손만 댔다 하면 시들거나 벌레가 먹든 하는데 아버지는 무조건 농사를 지어야 한다고 하셨지."

고니가 이런저런 얘기를 하더니 쓰러져 코를 골기 시작했다.

아비는 말없이 술만 들이켜 대는 아진이 걱정스러웠다.

"그만 마시지 그래. 무슨 걱정거리라도 있어?"

아비가 조심스레 물었다. 아진이 피식 웃으며 말했다.

"전쟁터에서 살생을 하도 많이 해서, 죽으면 지옥에 갈 것 같아서 그런다."

아진이 쓴웃음을 지었다. 아비가 조심스레 만노와 보리 이야기를 꺼냈다.

"아진아, 나 오늘 만노 아저씨의 소식을 들었어. 보리도……."

아진이 깜짝 놀라 들고 있던 술잔을 내려놓았다.

"그래, 만노 아저씨와 보리 모두 살아 있기는 한 거냐?"

"응. 만노 아저씨는 서라벌에서 잘나가는 목공이 되셨대. 포로로 끌려와 내 심부름을 하는 아이가 그분의 제자라더라."

"그럼 보리는?"

"보리는 궁에 들어갔다고 하는데 궁녀가 된 건지는 모르겠어."

아비의 목소리가 잦아들었다. 아진이 갑자기 '후유!' 하고 한숨을 쉬고는 말했다.

"살아 있다니 정말 다행이다. 보리 소식을 들으니 어릴 적 생각이 나는구나. 사실은 내가 어머니를 잃고 방황할 때, 할아버지의 뒤를 이을 생각도 했었다. 그런데 그 자리에 네가 있더라고. 그래서 그 길은 포기하고 내 아버지의 길을 가기로 결심했지."

아진의 취중 진담에 아비는 가슴이 철렁했다. 솔직히 아진에게 그런 마음이 있다는 걸 일찍이 눈치는 챘지만 짐짓 모른 척 했었다. 아진이 장수가 되고 출세 가도를 걷자 마음의 빚도 사라진 줄 알았는데 그게 아니었던 것이다.

아비가 고개를 떨구며 말했다.

"아진아, 나도 네 자리를 빼앗은 것 같아서 늘 미안했다."

"하하! 농담이다. 솔직히 할아버지 길을 가지 않은 건 후회가 없다. 다만 의박사가 되려 했던 내가 사람을 마구 죽이는 야차가 된 것 같아 괴로울 뿐이다."

아진이 연신 술을 들이켰다. 아비는 친구가 걱정되어 술을 마실 수 없었다. 술에 취해 쓰러진 아진을 고니의 곁에 눕히고 아비는 바람을 쐬러 밖으로 나갔다.

12. 서라벌의 초대

해가 바뀌었다. 정림사 구층목탑 공사가 마무리되고, 이를 경축하는 법회와 탑돌이 행사가 연일 이어졌다. 공사에 동원되었던 신라 포로들은 다른 곳으로 보내질 거라고 했다. 아비는 몇 달 동안 곁에 두었던 소년, 오기의 처지가 딱해서 포로 신세를 면해 줄 방법을 찾기로 했다.

그때 뜻밖의 소식이 날아들었다.

"아비 대장님! 지금 신라의 비형이란 자가 사신으로 와 있답니다. 어라하께서 대목장 아비를 속히 모셔 오라 명하셨습니다."

비형은 신라의 폐주 진지왕의 귀신과 도화녀라는 신분이 낮은 여인이 정을 통해 낳았다 하여 '귀신의 아들'이라 불리는 자였다. 비형은, 생김새가 남달라 도깨비라 불린다는 서역인의 후예들을 부려, 다리 하나를 하룻밤에 놓았다는 소문의 주인공이기도 했다.

아비는 정갈한 옷으로 갈아입고 궁으로 향했다. 편전으로 들어서자 의자왕이 용상 위에 앉아 신라 선덕여왕이 보낸 친서를 들고 있었다. 그 아래에는 신라 왕이 보낸 보물 상자가 잔뜩 쌓여 있었다. 공손한 자세로 서 있는 한 사내의 뒷모습도 보였다. 긴 머리를 틀어 올리고 푸른색 관복을 입은 그자는 비형이 틀림없었다.

아비가 의자왕에게 큰절을 올렸다.

"어라하를 뵈옵니다."

"대목장 아비! 백제 최고의 장인이지. 1년 만에 정림사 칠층 목탑을 허물고 9층으로 다시 지어 올렸으니, 그야말로 귀신과도 같은 재주를 지닌 자가 아닌가?"

'귀신의 아들'이라고 소문난 비형을 의식한 발언에 아비가 민망해하며 말했다.

"성은이 망극하옵니다."

비형이 아비를 힐끗 보았다. 눈썰미가 좋은 아비도 그의 옆얼굴을 살폈다. 유달리 날카로운 눈매에 활처럼 휜 매부리코를 가진 사람이었다.

그때 의자왕이 비형을 향해 호통을 쳤다.

"그래, 불과 몇 달 전 대야성을 빼앗기고 타격이 컸을 터인데 어쩌자고 신라의 왕은 대목장 아비를 보내 달라 청하는 것인가?"

"성상께서는 전쟁의 참화로 백성들이 고통을 겪는 것을 가슴 아파하시며 부처님의 가피로 이를 위로하고자 하십니다. 마침 당나라에서 돌아오신 자장 대사께서 황룡사에 구층목탑을 세우면 중생들의 고통이 사라질 것이라 하셨습니다. 대백제국 어라하께선 부디 신라의 중생을 불쌍히 여기시고……."

비형이 공손한 목소리로 말을 이어 갔다. 의자왕이 비형의 말을 끊고 물었다.

"혹시 우리 백제의 건축 기술을 빼낼 꿍꿍이인가?"

"어찌 감히 그런 삿된 술수로 불탑을 올릴 생각을 하겠습니까?"

비형이 억울하다는 듯 읍소를 했다. 그러자 대신들이 앞다투어 비형의 말을 믿을 수 없다며 옥에 가두라 했다. 하지만 의자왕은 사신으로 온 비형을 가둘 수는 없다며 숙소에 격리하라 명했다. 비형은 쫓기듯 밖으로 나가면서 다시 한번 아비를 힐끗 보았다. 비형의 눈빛을 본 순간 아비는 숨이 막히는 것 같았다.

'저 눈빛은 십수 년 전, 내 처소에 불을 질렀던 그 세작의 것이다.'

스님 복장도 아니고 나이도 들었지만 그때 그 젊은 스님, 아니, 세작의 날카로운 눈빛은 그대로였다. 아비는 불길한 기분에 휩싸였다.

비형이 나가자마자 대신들의 열띤 토론이 이어졌다. 백제 대목장인 아비를 신라로 보내느냐 마느냐 하는 것이었다.

"자장이란 자는 진골 귀족 출신으로 당나라 황실과 깊은 인연을 맺고 있다 합니다. 아무래도 여왕은 당나라의 도움을 받아 신라 내부의 분열을 바로잡고 국력을 정비하려는 듯합니다."

"지금 신라의 국력으로는 구층목탑을 세울 때가 아닐 것입니다. 그럼에도 불구하고 강행하는 것에는 뭔가 음흉한 속셈이 있는 게 분명합니다."

대신들이 저마다 말을 보탰지만 정작 당사자인 아비에게는 발언할 기회도 주어지지 않았다. 아비는 혹시 신라에 가게 되면 보리를 만날 수 있을까 싶어서 설레기도 했고 두렵기도 했다.

의자왕은 비형이 가져온 상자를 하나씩 열게 했다. 상자마다 금으로 만든 보물이 가득 들어 있었다. 신라는 황금의 나라였다. 서라벌 인근의 크고 작은 광산에서 혹은 강바닥에서 엄청난 양의 금을 채취하고 있었다. 의자왕이 만족스러운 표정을 짓더니 아비에게 명령을 내렸다.

"백제 대목장 아비! 너는 서라벌로 가거라. 그곳에서 여왕이 원하는 대로 화려하고 드높은 목탑을 지어 주거라. 부재든, 사람이든, 많이 쓰면 쓸수록 좋다. 여왕의 욕심을 잔뜩 채워 주어라. 어차피 그 탑은 백제의 탑이 될 것이다."

"어라하의 명을 받잡겠습니다."

아비는 무거운 마음으로 답했다. 자칫하면 역적이 될 수도, 세작으로 몰릴 수도 있는 위험한 자리였다. 하지만 보리를 찾아갈 수 있는 유일한 방법이기도 했다.

'서라벌에 보리와 만노 아저씨가 있다. 그것만 생각하자.'

왕궁을 나오자마자 두세 명의 장정들이 덤벼들어 커다란 천으로 아비의 얼굴을 가리더니 어딘가로 끌고 갔다. 아비는 곧 작은 입구 외에는 사방이 막힌 방에 홀로 앉아 있게 되었다.

잠시 후, 누군가 걸어 들어오는 소리가 났다. 아비가 떨리는 목소리로 말했다.

"이보시오. 뭔가 착오가 있소. 나는 어라하의 명을 받잡았을 뿐이오."

눈을 가렸던 천이 사라지자 자신 앞에 근엄한 표정을 짓고 있는 윤충 장군이 보였다.

"대목장 아비, 워낙 중요한 사안이라 실례를 범했네."

윤충 장군이 정중하게 말했다. 아비는 혼미한 정신을 수습하며 물었다.

"장군님, 제가 왜 여기에 끌려온 것입니까?"

"허허, 비밀리에 모시라 했는데 부하들이 무례하게 굴었군. 사실 이곳은 어라하께서 직접 이끄시는 비밀 조직, 싸울아비의 본거지라네."

'싸울아비'라는 곳에 대해선 아비도 들은 적이 있었다. 어라하의 직속부대로서 적국에 세작을 보내 중요한 인물을 암살하거나 포섭하는 특수 조직이었다.

윤충 장군이 눈빛을 날카롭게 번뜩이며 물었다.

"자네와 어린 시절에 친했던 처자가 서라벌에 있다고 하던데, 보리라 하던가?"

아비는 윤충 장군의 입에서 보리 이름이 나오자 너무나 당황스러웠다.

"보, 보리는 어린 시절 동무일 뿐입니다. 떠난 후엔 어떤 소식도 듣지 못했습니다."

윤충 장군이 아비를 한참 동안 노려보았다. 아비는 마른침을 꿀꺽 삼켰다.

"너무 걱정 마시게. 나라의 중요한 인재를 적국으로 보내는 일이라 여러모로 신중해야 해서 그런 것이니. 다만 한 가지만 약속해 주게."

"무엇을 말입니까?"

"자네를 적국에 혼자 보낼 순 없으니 장인 몇 명을 함께 보낼 것이야. 그 일행 중에 싸울아비 요원이 있네. 서라벌에서 그자는 목공으로 일하게 될 것이고, 자네는 그를 통해 사비성의 전갈을 받아야 하네."

아비는 말문이 막혔다. 아비의 일행 중에 세작을 끼워서 신라에 보낸다는 것이었다.

"장군! 저는 그저 절을 짓고 탑을 쌓는 장인일 뿐입니다."

"허허, 자네를 보호하기 위해서 보내는 것이라 생각하게."

"저와 함께 서라벌로 향할 싸울아비가 누구인지 알 수 있습니까?"

"며칠 있다가 그자가 자네를 찾아갈 거라네. 모든 것은 비밀리에 이루어지니 혹시라도 그 사실을 발설하게 되면 자네와 가족들이 위험해질 것이야."

아비가 어지러운 마음을 누르고 차분하게 말했다.

"저와 함께 갈 일행들이 무사히 돌아올 수 있도록 안전을 보장해 주십시오. 돌아온 뒤에도 그 어떤 비난이나 처벌을 받지 않도록 해 주십시오."

아비의 말에 윤충 장군이 잠시 생각에 잠겼다.

"그거야 자네 하기에 달렸어. 그 어떤 것이라도 사비성의 명을 거역해선 안 되네. 거역하면 자네는 물론 가족들까지 역적이 될 것이고."

아비의 눈에 다시 가리개가 씌워졌다.

한참 후, 눈을 뜨고 보니 목부의 작업실이었다. 아비는 떨리는 가슴을 진정시키며 심호흡을 했다. 품속에 넣어 둔 아비지 척을 꺼내 들었다. 아비는 마음속으로 보리 이름을 부르며 생각했다.

'보리야, 내가 찾아갈게.'

다음 날부터 목부의 주관으로 황룡사 구층목탑 공사에서 일할 장인들을 모집하기 시작했다. 사비성 곳곳에 신라의 황룡사 구층목탑을 지을 목공, 석공, 와공을 구한다는 방이 붙었다. 하지만 신라에 갔다가 못 돌아올 것이란 소문이 퍼지면서 지원을 하는 이가 없었다. 애초에 열 명 정도의 소목장(대목장인 아비 아래에서 일할 기술자)을 데려가려고 했는데 겨우 두 명만 지원했다.

아비는 무거운 마음으로 두 사람이 누구인지 명단을 확인하고는 익숙한 이름이 나오자 깜짝 놀랐다. 고니가 가장 먼저 이름을 올린 것이다. 아비는 울며불며 난리를 칠 땡이를 생각하며 한숨을 쉬었다. 다른 건 낯선 이름이었다.

"동고? 이 사람은 누구지?"

아비는 아마도 이자가 싸울아비의 일원일 것이라 추측했다.

다음 날, 아진이 아비를 찾아와 다짜고짜 고개를 숙이며 인사를 했다.

"처음 뵙겠습니다. 저는 목공 동고라고 합니다."

아비는 자신을 감시할 싸울아비 요원이 아진이란 사실에 경악했다. 아진은 아비를 처음 만난 사람처럼 굴었다.

"하하, 제가 원래 의원 일을 했는데, 침을 놓다가 잘못되어서 사람이 죽었습니다. 그 일로 밥줄이 끊겨서 목공이 되었습니다."

아비가 아진에게 나지막하게 속삭였다.

"그곳에는 만노 아저씨가 계시네. 보리를 만나게 될 수도 있고……. 누가 자네를 알아보기라도 하면 어쩌려고 그러나?"

"책상물림이던 내가 이렇게 우락부락한 사내가 됐을 거라고 어찌 생각하겠어?"

"아, 그래도. 고니는?"

"고니는 걱정 마. 내가 알아서 얘기를 잘 할 거니까."

아진의 대답에 아비의 가슴이 철렁 내려앉았다. 아진은 그렇다 쳐도 고니는 이 일에 끼어들면 안 되는 것이었다. 그렇다고 이미 말릴 수도 없는 일이었다.

시간은 빠르게 흘렀다. 두 달 동안 준비를 한 후 아비와 고니, 아진 세 사람이 신라를 향해 출발했다.

떠나는 날, 아비와 고니의 가족들이 배웅을 나왔다. 아버지 연담이 아비에게 비장한 얼굴로 말했다.

"죽는 길과 사는 길이 있다면 무조건 사는 길을 택하거라."

"걱정 마세요. 건강한 모습으로 돌아올게요."

어머니는 그저 울기만 했다. 아소 형과 형수 그리고 조카도 애써 웃고 있었지만 불안한 기색이 역력했다.

고니의 아내 땡이는 바닥에 주저앉아 곡을 했다. 고니도 땡이를 두고 가는 게 마음에 걸렸지만 어쩔 수 없었다. 고니에게는 아비가 인생의 나침반과도 같은 존재였기 때문이다.

가족이 없는 아진은 쓸쓸하게 봇짐 하나만 짊어지고 있었다. 아진은 윤충 장군의 명령을 곱씹었다.

"사비성에서 늘 지켜본다는 사실을 잊지 말고, 아비가 누굴 만나고 무엇을 하는지 감시하도록 하게. 만일 배신의 기미가 보인다면, 가차 없이 제거해야 한다."

소름 끼치는 명령이었다. 전쟁터에서 수많은 이들의 목숨을 빼앗은 것도 모자라, 친한 벗의 목숨까지 거두라 하는가? 아진은 숨이 막혀 왔다. 사실 아진은 대야성 전투 이후에 칼끝만 봐도 숨이 막히는 증상이 생겨 장수의 길을 포기하려 했다. 하지만 친구인 아비와 고니를 보호하기 위해서 이번 임무에 나서게 된 것이다.

13. 재회

서기 643년 9월, 아비 일행이 국경을 넘었다. 아비 일행 중에는 신라인 포로도 몇 명 끼어 있었는데 거기에 오기도 있었다. 백제 왕실에 많은 양의 금을 바친 것에 대한 답례로 포로 수십 명을 신라에 돌려 보내기로 한 것이다.

국경을 넘자마자 신라군들이 아비 일행을 맞았다. 아비와 고니는 낯선 신라군의 기세에 눌려 긴장했다. 반면에 아진은 냉정한 표정을 유지하고 주위를 살폈다.

국경으로부터 말을 타고 이틀을 더 가니 신라의 도읍 서라벌에 닿았다. 서라벌은 입구부터 사람들로 북적이는 활기찬 도시였다. 백제 사비의 건물들은 처마가 길고 지붕도 높아 웅장한 느낌을 주는 반면에, 서라벌의 건물들은 저마다 알록달록한 색과 무늬로 칠을 하고 울긋불긋한 천을 내걸고 있어서 무척이나 화려해 보였다. 금으로 장식한 진골 귀족들의 저택도 눈에 띄었는데 용마루 아래에 붙여 놓은 물고기 모양의 금판이 햇빛을 받아 반짝거렸다. 거리에는 다양한 색의 옷을 입은 여인들이 긴 머리를 늘어뜨린 채 활보하고 있었다.

황룡사에 도착하자 황룡사 목탑 공사의 총감독관인 이간 김용춘과 부감독관 비형이 기다리고 있었다. 용춘 공과 비형은 이복형제이지만 용모는 그다지 닮지 않았다. 용춘 공은 지긋한 나이임에도 낯빛이 밝고 고운 미남이었다.

"백제 대목장 아비지! 그대의 명성은 내 진작에 들었소."

용춘 공이 다가와 아비를 끌어안았다. 아비는 엉겁결에 안겼지만 당황스러웠다. 신라의 왕족이며 선덕여왕의 최측근인 김용춘, 그가 아들뻘 장인을 이토록 살갑게 대할 줄이야! 신라 사람들이 아비 이름 끝에 '지'를 붙이는 것도 색다른 느낌이었다.

아비는 황룡사 경내를 둘러보면서 생각보다 훨씬 큰 규모에 놀랐다. 처음 황룡사가 착공된 것은 지금으로부터 90여 년 전, 진흥왕 때부터였다고 한다. 수십 년에 걸쳐 대지가 조성되고 장육존상이 주조되었으며 선덕여왕의 부왕인 진평왕 재위 6년(584년)에 금당이 완성되었다.

미륵사는 백제 기술의 전성기였던 무왕 대에 설계되고 완성된 것이기에 건물 배치와 불탑의 조성에 일관성이 있었다. 거기에 비해 황룡사는 여러 세대에 걸쳐 다른 장인들의 손으로 세워졌기 때문에 건물마다 건축 기법이 조금씩 달라 보였다.

용춘 공이 아비를 따로 불러서 이야기를 나누자 했다.

“아비지, 혹시 낙양에 있었다는 영령탑에 대해 들어 보았는가?”

영령탑은 북위의 옛 도시 낙양에 있었다는 구층목탑이었다. 이미 오래전에 불타 없어졌지만 여러 문헌을 통해 탑의 높이가 9층이며 각 면은 아홉 칸으로 세 개의 문과 여섯 개의 창이 있었다고 전한다.

“당나라에 갔을 때, 《낙양가람기》라는 책에서 영령탑에 대해 읽어 본 적이 있습니다. 그 탑도 9층이었다지요.”

아비의 대답에 용춘 공이 흡족한 표정을 지으며 말했다.

“역시 아비지일세! 기술뿐만 아니라, 아는 것도 많다고 하더니.”

"아, 아닙니다. 목탑을 쌓는 장인으로서 당연히 알아야 할 것이지요."

아비가 손사래를 쳤다. 용춘 공이 진지한 표정으로 말했다.

"폐하께서는 낙양 영령탑처럼 계단을 설치하여 모든 층을 사용하는 것은 물론이고, 서라벌의 전망을 한눈에 내려다볼 수 있는 그런 웅장한 탑을 세우고 싶어 하시네."

용춘 공의 말에 아비는 어안이 벙벙했다. 그동안 아비가 설계했던 목탑들은 목라수 박사에게서 전수받은 대로 층을 따로 구분하지 않고, 커다란 심주를 중심으로 해서 전체가 뚫려 있는 형식을 취했다. 그런데 신라의 여왕은 이제는 남아 있지도 않은 영령사 목탑의 웅장함을 재현하면서 그 어디에서도 볼 수 없는 형식까지 요구하고 있는 것이었다.

"폐하께선 이번 구층목탑 공사에 대한 기대가 크시오. 오늘 아비지 대목장 일행을 환대하기 위해 이곳에 직접 오신다고 하는군."

여왕의 방문을 알리는 용춘 공의 표정이 들떴다.

김용춘은 애초에 선덕여왕과 혼인을 했던 사이였다. 그러나 자식이 없다는 이유로 강제로 헤어지고 여왕은 숙부인 흠반과

을제를 형식적인 남편으로 두어야 했다. 이것은 여왕은 후사를 두기 위해 남편을 세 명까지 둘 수 있다는 삼서제를 바탕으로 한 지극히 정치적인 결정이었다. 그 후 용춘 공은 형인 김용수가 세상을 떠나자 형수이자 선덕여왕의 언니였던 천명 공주와 혼인을 하고 조카 김춘추를 아들로 삼았다.

잠시 후, 선덕여왕이 금으로 화려하게 장식된 마차를 타고 황룡사에 도착했다. 선덕여왕은 희끗희끗한 머리칼을 틀어 올리고 옥과 비취로 장식된 황금 뒤꽂이를 꽂은 단아한 모습이었다. 아비는 여왕을 따라온 궁녀 중에 보리가 있는지 찾아봤지만, 다들 분칠을 하고 있으니 누가 누구인지 알 수가 없었다.

선덕여왕이 천천히 아비 일행에게 다가왔다. 용춘 공이 여왕에게 아비를 소개했다.

"백제의 대목장 아비지입니다."

"대목장 아비, 신라국 선덕대왕을 뵈옵니다."

아비가 예를 갖추어 정중하게 인사했다. 선덕여왕이 인자한 웃음을 보냈다.

이윽고 여왕의 환영 연설이 시작되었다.

"선대왕들께서 이곳 황룡사에 금당과 불상을 세우시며 부처님의 가피가 온 백성에 이르길 기도하셨습니다. 다만 이 자리에 있어야 할 목탑이 세워지지 않아 크나큰 아쉬움이 남았지요. 여러 번 설계했으나 번번이 실패한 뒤라 많은 반대를 딛고 이렇게 백제의 장인들을 모셨소. 이제 이곳에 신라의 불심을 드높일 구층목탑을 세우는 것이 나의 마지막 소명이라 여기고 있다오."

여왕의 연설이 끝나자 그 자리에 있던 신라 사람들이 만세를 부르며 환호했다. 하지만 아비와 고니, 아진은 떨떠름한 얼굴로 묵례를 했다.

잠시 후, 여왕이 자리를 떠나면서 궁녀들도 함께 떠났다. 아비는 보리를 찾지 못해 낙심했다. 그때 키가 크고 머리가 희끗희끗한 사내가 다가왔다. 사내가 누구인지 알아본 아비가 반가운 마음에 외쳤다.

"마, 만노 아저씨!"

"살아 있으니 이렇게 보게 되는구나."

"안 그래도 오기에게 아저씨 소식을 들었습니다."

"오냐, 네가 오기의 은인이라 하더구나!"

"그런데 보리는……."

아비의 말이 끝나기도 전에 만노가 아비 오른손을 잡고 번쩍 들며 소리쳤다.

"이보시오! 이 젊은 청년이 바로 백제, 아니, 삼한 제일의 명장 아비지라네."

신라의 장인들이 손뼉을 치며 환호했다. 아비는 얼굴을 붉혔다. 그때 오기가 찾아와 넙죽 절을 했다. 만노의 사동으로 일하게 되어 앞으로 자주 볼 것이라 했다.

아비는 행사가 끝날 무렵이 돼서야 보리에 대해 겨우 입을 뗄 수 있었다.

"보리는요? 궁에 있다는 말은 들었는데, 만날 순 없나요?"

만노가 빙그레 웃더니 아비의 귀에 대고 속삭였다.

"오늘 밤 폐하의 심부름을 다녀온다고 했다. 해시(밤 9시)를 알리는 종이 울리면 목탑지에 나가 봐라."

아비 일행을 환영하는 모든 행사가 끝났다. 아비, 고니, 그리고 아진은 황룡사 옆에 있는 숙소에 짐을 풀었다. 아비는 부리나케 목탑지로 달려갔다. 드디어 해시를 알리는 종이 울렸다.

댕, 댕, 댕!

아비는 어디선가 보리가 갑자기 튀어나올 것 같아 안절부절못했다. 보리가 나타나면 무슨 말을 할지 연습도 했다. 잠시 후, 맞은편에 누군가 등장했다. 남자처럼 바지를 입고 머리를 한쪽으로 묶은 여인이 아비를 불렀다.

"아비니?"

틀림없이 보리였다. 아비는 조금의 거리낌도 없이 달려가 보리를 끌어안았다.

"보리야! 살아 있었구나!"

"이게 무슨 짓이야?"

보리가 아비를 밀어냈다. 아비는 순간 당황했다.

"미안하다. 너무 반가운 마음에 그랬어. 혹시 혼인이라도 한 거야?"

아비가 가장 묻고 싶은 말이었다. 보리가 무표정하게 말했다.

"나는 여왕 폐하의 궁인이라 허락 없이는 혼인을 못 하는 처지다. 그럼 넌?"

보리가 되물었다. 아비는 자기도 모르게 목소리를 드높였다.

"당연히 안 했지! 그런데 궁인이면 여왕 폐하의 시중을 드는 거야?"

“아니, 나는 시녀가 아니고 왕실 소목공이야. 오직 폐하만을 위한 가구와 불상을 만들고 있어.”

“아, 역시 그랬구나.”

아비가 고개를 끄덕였다.

여왕의 시중을 들던 궁녀들은 하늘하늘한 치마를 입고 얼굴에 분칠을 했다. 하지만 보리는 바지 차림에 분칠도 하지 않고 연지도 바르지 않았다. 아비는 보리의 그런 모습이 반가웠다.

보리도 아비를 살폈다. 날카로운 콧대와 눈매는 그대로인데 키와 체격이 몰라보게 커져 있었다.

“어찌 되었든 반갑다!”

보리가 어색한 웃음을 지으며 말했다. 그때 어디선가 말발굽 소리가 들렸다.

“아비야! 나 이제 가 봐야 돼.”

“벌써? 그럼 다음엔 언제 봐?”

중문을 향해 뛰어가던 보리가 갑자기 되돌아오더니 아비에게 속삭였다.

“아비야, 여긴 서라벌 한복판이야. 모두 너를 지켜보고 있으니 경거망동은 하지 마.”

보리가 다시 밖으로 뛰어갔다. 아비가 쫓아가려 하는데 문을 지키는 군사들이 막아섰다. 말발굽 소리와 함께 보리는 사라져 버렸다.

아비가 울먹이며 중얼거렸다.

"조금만 더 있다가 가지."

한편 아비를 두고 가는 보리의 마음도 복잡했다.

며칠 전, 비형에게서 연락이 왔다. 아비가 서라벌에 온다고 했다.

"아비와 만나 빠른 시일 안에 예전처럼 친해져라. 그 녀석의 주변을 잘 살피고, 아비를 따라온 자들 중에 누가 백제의 세작인지 나에게 고해라."

보리는 대놓고 비형의 명을 거부할 순 없었지만 그의 말을 따르기도 싫었다. 그래서 보리는 아비를 맞는 반가움을 억누르고 당분간 거리를 두기로 결심했던 것이다.

다음 날 아침, 아비는 비형을 찾아가 따졌다.

"우리가 볼모입니까? 군사들이 문 앞을 지키는 까닭이 대체 뭡니까?"

비형은 아비의 닦달에 짜증이 나는 듯, 보고 있던 책을 거칠게 덮으며 말했다.

"아비지! 군사들은 혹시 모를 위협으로부터 당신들을 보호하기 위함이요. 서라벌 사람들이 모두 당신들을 두 팔 벌려 환영하는 줄 아시오? 일부 귀족들은 황룡사 목탑 공사가 백성들을 도탄에 빠뜨릴 거란 소문을 내고 다니며 백성들을 선동하고 있소."

비형의 말에 아비는 더 이상 할 말이 없었다. 그 대신 비형에게 목탑지의 토양을 조사할 때 필요한 일꾼을 청했다.

"알겠소. 필요한 사항이 있으면 언제든 알려 주시오."

비형이 사무적으로 대답했다. 아비는 자리를 뜨려다가 생각난 듯 따져 물었다.

"혹시 12년 전에 금마저 미륵사에 오지 않으셨소?"

비형이 아비를 노려봤다. 날카롭고 번뜩이는 눈빛이 아비의 시선과 부딪쳤다.

"맞소. 그때 스님의 신분으로 미륵사에 갔지."

비형이 너무 쉽게 인정을 하자 아비의 말문이 막혔다. 이번에는 비형이 따졌다.

"아비 대목장. 어젯밤 목탑지에서 여인을 몰래 만났다던데 황룡사는 신라의 국찰이오. 그런 불경한 행동, 앞으로는 삼가시오."

아비의 낯빛이 붉어졌다. 따지러 왔다가 본전도 못 찾은 기분이었다.

"대장! 지금 목탑지에 가 봐야 할 것 같소. 비가 오니 땅이 푹푹 꺼집니다."

마침 고니가 헐레벌떡 달려왔다.

아비는 황급히 목탑지로 갔다. 비가 내린 양은 얼마 되지 않는데 그새 땅이 진흙 펄로 변해 있었다.

"1년 전에 기초공사를 해 두긴 했는데, 어찌 하는 게 좋겠소?"

만노가 아비에게 말을 높이며 물었다. 아비가 조심스럽게 말했다.

"아무래도 백제식으로 판축법을 써야겠습니다."

판축은 건축물의 기단과 토벽을 쌓을 때 흙을 얇은 층으로 다져서 쌓아 올리는 방법이다. 특히 백제에선 한성 백제 시절부터 성이나 건물을 지을 때 틀에 여러 종류의 진흙과 나뭇잎,

나뭇가지 등을 섞어 단단히 다지고, 그 위에 다시 흙판을 번갈아 가며 쌓아 왔다. 아비는 기존 판축에 자갈을 첨가하기로 했다. 고층 목탑을 세우기 위해서는 땅이 더 단단해야 하기 때문이다.

아비는 비형에게 목탑 설계에 쓸 바둑판과 바둑돌을 마련해 달라고 요청했다. 비형은 흔쾌히 왕실 공방에 주문을 해 두겠다고 말했다.

며칠이 지났다. 판축 공사가 진행되는 동안 아비는 자신의 처소에서 중국 낙양의 영령탑에 대한 자료를 연구하고 있었다. 그것들은 대부분 당나라에서 유학을 하고 돌아온 자장 대사가 모아 온 것이었다.

비형이 찾아와 설계를 언제까지 끝낼지 물었다.

"자장 대사께서 보내신 자료가 산더미라, 언제 끝낼 수 있을지 모르겠습니다."

아비가 서책에서 눈을 떼지 않고 답했다. 그러자 비형이 짜증 섞인 목소리로 말했다.

"저걸 다 읽을 필요는 없소. 그분의 뜻은 내가 잘 알고 있으니. 자장 대사께서 당에서 수학하실 때 신인을 만나셨는데, 그분께 신라가 사방에 고구려와 백제와 같은 적들이 있어 하루도 편할 날이 없다 하셨지. 그러자 신인이 '그대의 나라는 여자가 왕이라 덕은 있어도 위엄은 없다. 그래서 이웃 나라에서 업신여겨 침략을 하는 것'이라 했소. 그걸 막으려면 황룡사에 구층목탑을 지으라 했고. 그러면 이웃 나라들이 신라에 항복을 하고 구한이 조공할 거라 하였소."

비형이 아비의 표정을 살폈다. 아비 얼굴이 굳어 있었다.

"제일 중요한 이야기인데 미처 몰랐던 모양이군. 듣고 보니 기분이 나쁜가?"

"아, 아닙니다. 전 백제 어라하의 명을 받고 이곳에 왔습니다. 신라 내부의 사정엔 관심이 없어요. 제 임무는 황룡사에 구층목탑을 세우는 것입니다."

아비는 태연한 척했지만 마음속은 복잡했다. 서라벌에 오기 전, 아비는 신라에 대한 많은 정보를 접했다. 그중에서도 비형이란 인물은 제일 조심해야 할 대상이었다.

"아비 대목장, 첨언을 하자면 구한 중에 백제도 포함이 되어 있다오. 응유가 백제……."

"됐습니다. 제가 할 일이 많아서요."

아비가 비형의 말을 끊었다. 아비도 이미 알고 있는 내용이지만 굳이 비형의 입을 통해 듣고 싶지는 않았다.

그때 밖에서 보리의 목소리가 들렸다.

"비형 공, 주문하신 바둑판을 가져왔습니다."

"어서 들어오너라."

문이 열리자 보리가 비단 보자기로 싼 바둑판과 바둑돌을 가지고 들어왔다. 며칠 전의 바지 차림과는 달리 푸른색 치마저고리를 곱게 차려입은 모습이었다. 아비는 비형의 면전에서 보리에게 아는 척을 해야 할지, 말아야 할지 고민했다.

"하하! 늘 선머슴처럼 바지를 입고 있더니, 오늘은 웬일로 치마를 입었느냐?"

비형이 웃으면서 보리에게 말을 걸었다. 보리가 얼굴을 붉히며 대답했다.

"월성궁에 폐하를 모셔다드리고 돌아가는 길이라 그렇습니다."

"아하! 치마를 입었기에, 난 또 아비 대목장 때문에 그런 줄 알았어."

비형이 히죽히죽 웃으며 보리와 아비를 번갈아 보았다. 보리가 보자기를 아비의 작업대 위에 내려놓았다. 말없이 보자기를 풀고 바둑판과 바둑돌을 차례로 꺼내놓았다.

"아비 대목장이 바둑판과 바둑돌이 필요하다 해서 내가 특별히 준비했지. 어릴 적에 친한 동무였다 하지 않았나? 왜 아는 척도 안 하는 거지?"

비형이 계속 이죽거렸다. 아비는 아무 말도 할 수가 없었다.

보리의 눈에 낯익은 물건이 보였다. 12년 전에 보리 자신이 아비에게 주었던 아비지척이었다. 보리는 눈물이 핑 돌았다. 그 모습을 들키기 싫어서 급하게 방을 나갔다.

아비가 다급하게 보리를 따라나섰다. 보리가 도망치듯 작업장 마당을 가로질러 문밖으로 나가려는 순간, 아비가 보리 앞을 가로막았다.

"안 돼. 가지 마!"

"왜 내 앞을 가로막는 것이냐?"

보리가 아비에게 쏘아붙였다. 아비가 들고 온 아비지척을 보리에게 내보였다.

"물망보리! 너를 잊지 말라며. 그래서 여기까지 찾아온 거야."

아비가 보리에게 가까이 갔다. 보리가 괴로운 표정을 지으며 외쳤다.

"아비야! 가까이 오면 안 돼."

아비가 보리의 심각한 표정을 보고 놀라서 한 발짝 뒤로 물러났다.

"미안해! 널 난처하게 만들 생각은 아니었어. 그저 네가 정말 보고 싶었어."

보리는 아무 말도 하지 않았다. 다급해진 아비가 다시 물었다.

"혹시 내가 줬던 유리구슬 아직도 갖고 있어? 모, 목에 걸었었잖아."

"유리구슬? 없어, 없다고."

"아냐! 없을 리가 없어."

아비가 보리에게 다가가 목덜미 근처로 손을 뻗었다. 보리가 소리를 질렀다.

"저리 가란 말이야!"

그때 짙은 눈썹에 부리부리한 눈매를 한 이방인이 나타나 아비에게 칼을 들이댔다.

"폐하의 사람에게 무슨 짓이냐?"

"앗산 오라버니, 별일 아닙니다. 그 칼을 거두세요."

보리가 앗산이라는 사내를 말렸다. '오라버니'란 말이 아비의 귀에 거슬렸다.

"아이고, 아비 대장! 여기서 뭐 하시오?"

뒤에서 이 모습을 지켜보고 있던 고니가 달려와 아비의 옆에 섰다.

"보리 낭자! 나 고니요, 고니! 그새 세월이 많이 흘렀소."

고니가 너스레를 떨며 분위기를 누그러뜨렸다.

"어릴 때부터 알고 지낸 벗들입니다. 칼을 거두어 주세요."

보리가 앗산에게 말했다. 그러고 나서야 앗산은 아비를 겨누었던 칼을 거두었다.

"앞으로 보리를 위협하는 자는 용서하지 않겠다. 보리, 별궁으로 돌아가자."

보리와 앗산이 서둘러 그곳을 떠났다.

아비는 멍하니 서 있다가 중얼거렸다.

"유리구슬이 없대."

고니가 아비의 등을 툭툭 치며 위로했다.

"내가 장담하는데 보리는 유리구슬을 버리지 않았어."

아비는 고개를 숙이며 조용히 흐느꼈다. 멀리서 그 모습을 비형이 살피고 있었고, 그런 비형을 아진이 지켜보고 있었다. 그리고 만노의 사공 오기가 아진을 훔쳐보고 있었다.

14. 탑을 그리다

터 다지기가 끝나자마자 아비가 아진을 작업실로 불렀다.

"자네 도움이 필요해."

아비는 설계할 때, 대부분 혼자서 일을 해 왔다. 하지만 이번에는 경우가 달랐다. 목탑의 내부에 층층이 바닥과 기둥을 세워야 하고, 계단도 설치해야 했다. 탑의 높이와 규모도 장대하기 때문에 그 무게를 견뎌 내기 위해 창방으로 기둥에 가해지는 힘을 배분하는 작업도 세심하게 해야 했다. 층이 높아질수록 정확한 비율로 기둥의 크기와 개수를 차감시켜야 하는데, 이 모든 것이 복잡한 산술과 검증이 필요한 작업이라 오류를 잡아 줄 사람이 필요했다.

고심 끝에 아비는 아진을 불렀다. 아진은 의학과 역학을 오랫동안 공부했고 목라수 박사 곁에서 보고 들은 것도 많았기 때문이다.

“황룡사 구층목탑은 정면과 측면 모두 일곱 칸의 평면을 기본으로 한다. 가로로 일곱 칸, 세로로 일곱 칸, 초석을 모두 64개 두고 가운데 가장 큰 심초석까지 더하면 전부 초석 65개가 기둥을 받치는 구조로 쌓을 예정이다. 문제는 층이 올라갈수록 면적이 줄어야 하고 기둥의 수도 줄어야 한다는 점이지.”

아비가 바둑판을 꺼내 돌을 올렸다 내렸다 하면서 설명을 하더니 갑자기 보리 이야기를 꺼냈다.

“아진아, 이 바둑판을 보리가 만들어 왔더구나. 비형 공이 주문을 했단다.”

“조심해라. 네가 보리랑 만나는 걸, 비형이란 자가 다 지켜보고 있더라.”

아진의 말을 듣고 아비는 정신이 번쩍 들었다.

‘보리가 조심하라고 했던 게 이런 것이구나. 비형은 역시 무서운 사람이다.’

아비는 당분간 일에만 전념하기로 했다.

층별 평면도가 마무리되자 고니가 모형을 만들기 위해 규격에 맞춰 자른 나뭇조각들을 가져다주었다.

"내가 현장에서 톱밥을 들이마시고 있을 때, 여긴 신선놀음을 하는겨?"

고니가 볼멘소리를 했다.

며칠 후, 아비와 아진이 여러 날 밤샘 작업을 한 끝에 9층 구조체의 모형이 완성됐다. 설계가 끝나고 모형까지 완성되었다는 소식에 용춘 공이 달려왔다.

"탑의 높이를 어느 정도로 예상하는 것인가?"

설계도와 모형을 꼼꼼하게 살피던 용춘 공이 아비에게 물었다.

"실제 목탑은 모형의 100배로 생각하시면 되겠습니다. 그러니까 황룡사 구층목탑은 노반 이상이 42척, 노반 이하가 183척으로 모두 225척(황룡사 목탑의 추정 높이는 80미터)이 되겠습니다."

용춘 공은 놀란 기색을 감추지 못했다. 그 정도라면 영령탑의 높이를 능가하는 것이다.

"이 모형을 궁으로 가져가 여왕께 보여 드려도 되겠나?"

"물론입니다. 다만 제 일행들이 한 달 넘게 밖을 나가지 못해

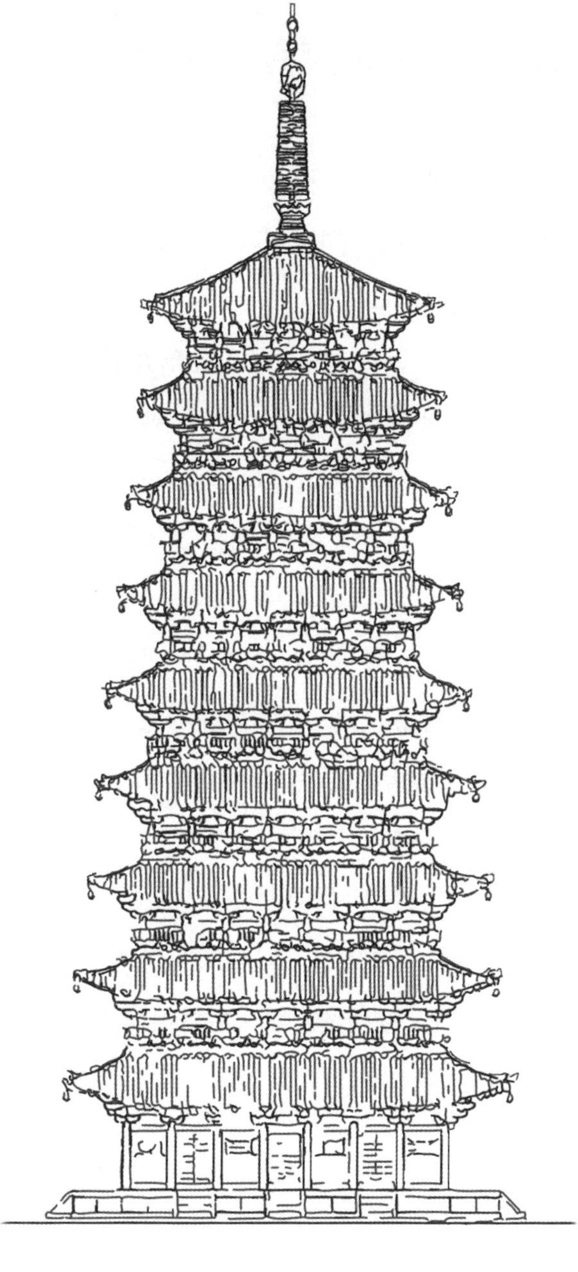

힘들어하고 있습니다. 잠깐이라도 외출할 기회를 주시면 정말 감사하겠습니다."

"알겠네. 어차피 비형과 나는 모형을 가지고 월성궁에 들어갈 것이니, 오늘 하루는 편하게 서라벌 유람을 하게."

용춘 공이 외출을 허락했다.

고니가 그 소식을 듣고 신이 나서 방방 뛰었다.

"여기 온 지 벌써 한 달이 넘었는데 이제야 겨우 바깥 구경을 하게 되다니……. 그래도 좋다! 우리 얼른 나가자!"

"나는 일이 밀려 있어 외출하기 힘들 것 같다. 너희끼리 나갔다 오렴."

아비가 피곤한 얼굴로 말했다. 이번에는 아진이 말했다.

"나는 나간 김에 응급약으로 쓸 약재를 좀 사야겠다. 고니가 날 의원이라고 동네방네 소문을 내는 바람에 신라 목공들이 아프다며 자꾸 찾아온다."

사실 아진은 의원이나 다름없었다. 오랫동안 의학 공부를 했고, 세작의 신분으로 신라를 드나들 때는 거지가 된 고아들을 돌보기도 했다. 떠도는 정보를 얻기 위해 시작한 일이었지만 제법 보람된 일이었다.

그때 키가 큰 만노가 처소 안으로 성큼성큼 들어왔다. 고니가 크게 반기며 맞았다.

"만노 어르신! 이곳엔 어쩐 일이십니까?"

"자네들이 서라벌 구경을 간다고 해서 길동무해 줄 친구들을 데려왔지."

고니가 신이 나는지 벌떡 일어나 방을 나섰다. 아비도 웃으며 만노를 반겼다. 하지만 아진은 갑자기 들이닥친 만노 때문에 당황스러운 눈치였다.

"동고, 자네는 안 나가나?"

만노가 아진에게 물었다. 아진은 고개를 숙이고 말했다.

"전 아비 대장님의 작업을 도와드려야 할 것 같아서……."

"이보게 동고! 약재를 사러 동시에 간다고 하지 않았소?"

고니가 아진을 방에서 끌어냈다. 만노가 아진을 힐끗 보더니 이내 시선을 돌렸다. 만노가 아진을 알아보지 못한 듯하자, 아진과 아비는 안심이 되어서 저절로 한숨이 나왔다.

"제가 서라벌을 안내하겠으니 따라오시지요."

처소 밖에는 만노의 사동인 오기와 신라 목공 여러 명이 기다리고 있었다. 아진은 되도록 만노의 눈에 띄지 않으려 애썼다. 잘 다녀오라는 아비의 인사를 받으며 고니와 아진이 서라벌 구경에 나섰다. 고니가 신이 나서 외쳤다.

"서라벌아, 내가 왔다!"

잠시 후 아비는 수많은 도면과 씨름 중이었다. 골이 지끈지끈 아팠다. 어젯밤 한숨도 못 잔 탓인 듯했다. 그때 밖에서 익숙한 목소리가 들렸다.

"안에 아비 있니?"

보리였다. 아비는 이게 꿈인가 생시인가 싶었다.

"어어! 나 여기 있어. 자, 잠깐만 있다가 들어와."

아비가 급하게 어지러운 방을 치웠다. 조심스레 방에 들어온 보리가 아비에게 책을 한 권 내밀었다.

"폐하께서 목탑 모형을 보시고 기뻐하시며 너에게 이걸 전해 주라 하셨어."

"《서역천문기》? 처음 들어 보는 책인데?"

"당연하지. 세상에 하나밖에 없는 책이니까."

"뭐라고?"

아비가 호기심에 가득 찬 눈으로 책장을 넘겼다. 처음 보는 내용이었다.

"이 책은 여왕 폐하의 호위무사인 앗산 오라버니가 서역의 천문학책들을 요약해서 번역한 거야."

"앗산 오라버니? 내 목에 칼을 겨눈 그 사람?"

오라버니라는 말에 아비는 자기도 모르게 신경질적으로 물었다.

"저 멀리 대식국(아라비아, 오늘날의 이란·이라크 지역)에서 무역을 하기 위해 당나라에 들렀다가 10여 년 전 신라로 들어온 무사야. 신라 여인과 혼인도 하고 폐하의 호위무사로 일한 지도 7년이 넘었어."

아비는 앗산이란 사람이 혼인을 했다는 말에 내심 안도하며 조심스레 물었다.

"그런데 너도 그렇고 앗산이란 자도 그렇고, 환영식 땐 왜 안 온 거야?"

아비의 말에 보리가 우물쭈물하더니 겨우 입을 열었다.

"귀족들이 우리를 싫어해. 나는 반쪽이고 앗산 오라버니는 이방인이니까."

아비는 서라벌에서도 반쪽이란 소리를 듣는 보리의 처지가 안쓰러웠다. 아비가 부드러운 말투로 물었다.

"그런데 폐하께서 왜 이 책을 주시는 거야?"

"폐하께선 천문과 역학에 조예가 깊으셔. 천문관측대인 첨성대를 세우신 것도 하늘을 관찰해서 가뭄이나 홍수 같은 자연재해를 예측하기 위해서라고 해. 이 책은 대식국, 그러니까 서역의 역학에 관한 책인데 폐하께선 다른 이는 몰라도 아비 넌 이해할 수 있을 거라고 하면서 주셨어."

대식국이라면 까마득히 먼 세상이었다. 아비는 여왕의 넓은 식견이 놀라우면서도 신기했다. 아비가 밝게 웃으며 말했다.

"꼭 읽어 볼게. 정말 감사드린다고 폐하께 전해 드려."

보리는 해맑게 웃는 아비를 보며 마음이 어지러웠다. 이렇게 단둘이 있는 것도 정말 꿈만 같았다. 그동안 아비가 백제 최고의 장인이 되었다는 소식을 듣고 얼마나 기뻤는지 모른다. 외롭고 힘들 때마다 아비가 찾아와 준다면 얼마나 좋을까 하는 생각도 했다.

보리는 오늘만큼은 아무런 걱정 없이 아비와 시간을 보내고 싶었다.

"아비야, 나 오늘 시간이 있어. 같이 서라벌 구경할래?"

"구, 구경? 괜찮겠어? 너랑 내가 만난 걸 비형 공이 알면 화내지 않을까?"

보리는 아비의 말을 듣고 깜짝 놀랐다. 아비가 뭔가 오해를 하는 듯했다.

"아니, 아니야! 오히려 비형 공이 너와 가까워지라고 부추기는 거야. 아비, 네가 딴마음을 먹는지 감시하고 네 주변에 있을 세작도 색출해 내라고 말이야."

아비는 보리의 말을 듣고 혼란스러웠다. 그러니까 비형이 보리더러 일부러 아비와 가까워지라고 명령을 했다는 것이었다. 보리는 그 명령을 따르기 싫어서 일부러 아비를 멀리했던 것이다. 아비는 어리석은 자신을 책망했다.

'바보 같은 자식! 또 보리를 오해하고 있었구나.'

아비는 두 번 다시 자신의 어리석음 때문에 보리를 놓치고 싶지 않았다.

"보리야, 무슨 일이 있어도 나는 널 믿어."

"믿는다고? 믿는 게 무언지 알기나 하는 거야?"

보리가 예전 일이 생각나는지 화를 냈다. 아비는 솔직한 마음을 밝혔다.

"아니, 아직 잘 모르겠어. 하지만 내가 여기까지 온 이유는 딱 하나야. 너를 만나기 위해서였어. 그 마음은 진짜야."

보리는 아비의 말을 듣고 스스로 세운 마음의 벽이 자꾸 허물어지는 걸 느꼈다. 결국 오늘 하루만큼은 자신의 마음에 충실하기로 했다. 보리가 웃으며 말했다.

"어서 나가자. 다들 서라벌에서 제일 오래된 동시에서 모이기로 했대."

서라벌 동쪽에 있어 '동시(東市)'라고 부르는 이곳은 서라벌에서 제일 크고 오래된 시장이었다. 수많은 사람이 색색의 옷을 입고 다니며 물건을 사고팔았다. 거리마다 젊은이들이 부르는 노랫소리가 넘쳐흘렀고, 대식국 상인들이 향신료와 약재를 팔며 상당한 영향력을 행사하고 있었다. 문방사우를 파는 상점에서는 왜로 수출할 종이와 먹을 정성스럽게 포장하고 있었고, 비단과 삼베를 취급하는 포목점에서는 여인들이 색깔별로 걸려 있는 아름다운 천을 고르느라 북새통이었다. 고니는 신라 목공들과 함께 이국의 먹거리를 맛보느라 바빴다.

아진은 조용히 무리에서 빠져나와 약초 가게에 들렀다. 아진이 서역에서 들여온 신기한 약초에 정신을 빼앗긴 사이, 여덟 살도 안 되어 보이는 꾀죄죄한 사내아이가 다가와 잽싸게 아진의 주머니를 털었다.

"이런! 거기 서라!"

아진이 아이를 쫓아갔다. 작은 골목으로 들어간 아이가 갑자기 걸음을 멈추더니 아진에게 외쳤다.

"형님, 저도 몰라보세요? 저 꾀돌이예요."

"아, 너 살아 있었구나!"

아진이 아이를 끌어안았다. 아진이 돌봐 주었던 신라의 거지 아이였다.

"오랜만이오."

뒤에서 남자의 굵은 목소리가 들렸다. 싸울아비의 정예 요원인 지단이 지게꾼 복장으로 서 있었다. 두 사람은 주위를 살피고 한적한 곳으로 몸을 피했다. 아진이 세작으로서의 임무를 시작하는 순간이었다.

다른 쪽에서는 아비와 보리, 두 사람이 시장 구석구석을 돌아보며 즐거운 시간을 보내고 있었다. 그때 어디서 많이 들어본 목소리가 들렸다. 시장 끄트머리에 있는 주막에 고니가 함께 일하는 신라 목공들과 모여 앉아 있었다. 고니는 술에 취한 채 큰 소리로 노래를 불렀다.

"그리운 임을 찾아 천리만리 왔더니, 어여쁜 내 임은 날 본체 만체하네.

어으, 임아 그러지 마오. 보고파 울었던 걸 다 아는데, 아으 다롱디리~"

고니가 〈정읍사〉 가락에 노랫말을 바꿔 부르고 있었다. 그런데 그 내용이 마치 아비와 보리 이야기 같았다. 아비는 민망해서 고니의 입을 틀어막았다.

"정신 차려! 여기가 어디라고 그런 이상한 노랠 불러?"

"아, 아비구나. 보리도 있네. 우리 같이 부를까? 아으 다롱디리~"

아비가 안절부절못하며 고니를 말리는데 주변에 있던 신라 사람들이 아비에게 화를 냈다.

"아이고, 노래가 좋기만 한데 왜 막아?"

이번에는 신라 사람들이 손으로 장단까지 치면서 노래를 따라 불렀다. 이상한 장면이 펼쳐졌다. 분명히 그곳은 신라의 도읍, 서라벌 한복판이었다. 하지만 주막에서 술을 마시고 있는 사람 중에 누가 백제인이고 신라인인지 가릴 수가 없었다.

아비가 조심스레 보리의 손을 잡았다. 보리는 잠깐 놀란 듯했지만 뿌리치지는 않았다. 그런데 보리의 손목에 무언가 걸려 있었다. 언뜻 보니 초록빛이 반짝였다. 아비가 화들짝 놀라 보리의 손목을 살폈다. 붉은 실에 초록빛 유리구슬이 걸려 있었다.

"보리야, 고맙다. 정말 고맙다!"

아비가 감격스러운 표정으로 말했다. 보리가 슬픈 얼굴로 미소를 지었다.

여러 빛깔이 모여 하나가 되는 무지개의 도시, 서라벌이 그렇게 빛나고 있었다.

15. 불길한 꿈

서기 644년, 더운 여름이 지나고 선선한 가을이 왔다. 설계가 끝나자 치목 작업이 본격적으로 시작되었다.

본격적인 공사가 시작되자 황룡사 구층목탑 현장은 눈코 뜰 새 없이 바빠졌다. 목탑이 들어설 땅에는 가로 일곱 칸, 세로 일곱 칸의 간격으로 초석 64개가 자리 잡았다. 그 중간에 가장 큰 심초석이 들어섰다. 바로 그 심초석 안의 사리공에 부처님 진신 사리와 금동불상 그리고 금과 옥, 유리로 된 보물들이 들어갈 예정이었다. 그다음에 육중한 덮개돌을 덮고 그 위에 황룡사 목탑의 중심이 되는 찰주가 올라갈 것이다.

아비는 이른 아침부터 아진과 함께 기둥으로 사용될 목재를 살피고 있었다. 그때 고니가 헐레벌떡 뛰어왔다.

"대장! 큰일 났어. 잘못하면 우리 모두 역적이 되게 생겼어."

"역적? 그게 무슨 소리야?"

아비가 깜짝 놀라서 물었다. 고니가 거친 숨을 고르더니 말을 꺼냈다.

"오늘 아침, 공사 현장을 시찰하러 온 신라 관리들이 하는 말을 들었어. 황룡사 구층목탑의 한 층, 한 층이 신라에 무릎을 꿇을 나라를 뜻한다는 거야. 1층은 왜, 2층은 중화, 뭐 그렇다는데 문제는 5층인 응유가 백제를 뜻한대! 9층인 예맥이 고구려고."

아비는 기가 막혔다. 백제 왕실에 알려지면 꼼짝없이 역적이 될지도 모를 일이었다.

"그렇다면 우리는 어떻게 해야 하는 것이냐."

아비가 걱정스럽게 대꾸했다.

가만히 둘의 얘기를 듣고 있던 아진이 침착하게 말했다.

"그건 여왕이 신라 귀족들에게 목탑을 세우기 위한 명분으로 하는 말인 거 알잖아."

"그것뿐이 아녀! 신라 김유신 장군이 백제를 공격해서 일곱 개의 성을 빼앗았다고 신라 목공들이 만세를 부르고 난리더라. 그런데도 괜찮은 거야?"

고니가 따지듯 물었다. 아진이 다시 냉정하게 말했다.

"원래 정치란 그런 것이다. 우리는 그냥 우리 일만 하면 돼."

"여기 계속 있다간 꼼짝없이 역적으로 몰리겠어."

고니가 중얼거렸다. 그 말을 들은 아비가 심각한 표정으로 말했다.

"너 먼저 백제로 돌아가. 내가 용춘 공께 말씀드려 볼게."

아진도 말을 보탰다.

"그게 좋겠다. 애초에 넌 여기 오는 게 아니었어."

아진의 말이 고니의 심기를 건드렸다. 고니가 목소리를 높였다.

"무슨 소리야? 혼자선 안 가! 셋이 같이 왔으니까 갈 때도 같이 갈 거야!"

갑자기 비형이 군졸 몇 명을 데리고 나타났다.

"일들은 안 하고 무슨 소란이오? 고향으로 돌아갈 작당이라도 하나? 괜히 방해하지 말고 갈 사람은 얼른얼른 가시오. 우리 입장에선 아비지만 있으면 되니까 말이오."

비형의 말에 고니 기분이 더 언짢아졌다.

고니가 큰소리를 쳤다.

"걱정 마시지요. 저는 여기에 남아 아비 대장을 끝까지 도울 예정이니까요."

뒤에서 잠자코 있던 아진도 한마디 거들었다.

"저도 미약한 힘이나마 끝까지 돕겠습니다."

비형이 난처한 표정을 지었다.

아비는 친구들의 말을 듣고 불안했던 마음이 조금 가라앉았다. 솔직히 고니와 아진이 자기만 두고 돌아간다고 할까 봐 내심 걱정했던 것이다.

비형이 자리를 뜨며 말했다.

"이곳에 남겠다는 사람을 억지로 보내진 않겠소. 허나, 신라와 백제 사이에 무슨 일이 생길 때마다 호들갑을 떨진 마시오. 당신들은 장인이지 벼슬아치가 아니니!"

마음을 긁는 말이었다. 백제에서도, 신라에서도, 장인의 기술이 필요할 때는 온갖 미사여구를 동원하며 일을 시켰다. 하지만 정작 중요한 결정을 할 때는 장인들의 의견은 철저하게 배제되었다.

그날 밤, 아비는 쉽게 잠들지 못했다. 사비성의 가족들이 잘 있는지 궁금했고, 사비성 사람들이 아비에 대해 뭐라고 떠들고 있을지도 걱정스러웠다. 아비는 밤새 뒤척이다가 새벽녘에야 잠이 들었다. 악몽이 찾아들었다. 세상이 온통 핏빛이었다. 사비성의 모든 건물이 불타고 있었다. 땅에는 시체가 발로 차일 정도로 넘쳐났다. 아비는 이것이 말로만 듣던 지옥인가 싶었다. 어디선가 돌아가신 목라수 박사의 목소리가 들렸다.

'아비야! 아비야!'

아비가 목소리가 들리는 곳으로 뛰어갔다. 사비성의 정림사 구층목탑이 나타났다. 스승이 지으신 칠층목탑을 허물고 9층으로 다시 올린 바로 그 탑이었다.

바로 그때, 하늘이 번쩍하더니 정림사 꼭대기에 벼락이 떨어졌다. 목탑이 불길에 휩싸이기 시작했다. 거대한 불덩이가 아비를 덮쳤다.

"안 돼!"

아비가 비명을 지르며 잠에서 깨어났다. 옆방에서 자던 아진이 비명 소리를 듣고 달려왔다. 아진이 아비 이마를 짚으며 말했다.

"이마가 펄펄 끓는구나."

"무서운 꿈을 꾸었어. 백제가, 사비성이 무너졌어. 생지옥으로 변했어."

"걱정 마! 사비성은 멀쩡해. 내가 네 곁을 지켜 줄 테니 걱정 말고 한숨 자라."

아비는 밤새 신음 소리를 내다가 가끔 경련을 일으켰다. 아진은 아비 곁을 지키며 밤을 새웠다.

아침 일찍 고니가 찾아와 아비의 상태를 살폈다.

"아무래도 열병에 걸린 모양이야."

아진이 고니에게 약재를 한 첩 주고 달여 오라고 했다.

비형이 들이닥쳤다.

"내일모레가 찰주를 세우는 날인데 이렇게 누워만 있으면 되겠소?"

"죄송합니다만, 아비 대장이 몹시 아픕니다. 열병이 나서 이마가 끓어오르고 밤새 헛소리를 했습니다. 혹시 찰주를 세우는 걸 미루면 안 되겠습니까?"

"무슨 소리? 내일 사리공에 진신 사리와 보물을 바치기 위해 폐하께서 왕림하시기로 하셨소. 김춘추 공과 김유신 장군은 물론, 서라벌의 귀족들이 모두 올 것이란 말이오."

아진이 안타까운 표정으로 말했다.

"비형 공! 아비 대장의 상태를 좀 보십시오. 이대로는 무리입니다."

사실, 비형 눈에도 아비의 상태는 나빠 보였다. 비형은 곧 용춘 공에게 아비의 상태를 알리고는 길달이란 인물을 불러오라 명령했다. 길달은 대식국 상인과 신라 기녀 사이에서 태어난 혼혈 청년으로, 어려서 어머니와 단둘이 힘겹게 살다가 우연히 비형을 도운 인연으로 의형제를 맺었다. 길달은 덩치도 크고 사람을 부리는 재주도 있어서 그동안 비형이 시키는 크고 작은 공사들을 거뜬히 해치웠다.

"형님! 오랜만입니다."

"오냐. 귀족 임종의 양자가 되더니 신수가 훤해졌구나."

"아닙니다. 모든 것이 떠돌이였던 저를 이끌어 주신 형님 덕분입니다."

길달이 비형에게 굽신거렸다. 비형이 길달을 똑바로 보며 말했다.

"그럼 은혜를 갚아라. 백제 대목장 아비가 열병에 걸려 의식이 혼미하다. 내일 폐하와 귀족들 앞에서 네가 찰주를 세워 주었으면 좋겠다."

"염려 마십시오. 그럼 무엇부터 할까요?"

"일단 백제 대목장 아비의 조수, 동고에게 물어보거라."

그 시각, 열병을 앓는 아비의 의식이 오락가락하고 있었다. 시간이 앞으로 뒤로 얽히면서 뒤죽박죽이 되었다. 어린 시절에 뛰어놀던 매촌 동산이 펼쳐지더니 목라수 박사의 방에 처음 들어갔던 날로 옮겨 갔다. 금마저에 처음 도착한 날, 보리를 만났다. 보리와 만노 아저씨의 움막에서 작은 기와집을 만들며 즐거워했다. 미륵사에 세작이 나타났다. 아비의 처소에 불이 났다. 보리가 슬피 울면서 금마저를 떠나고 있었다.

"보리야! 가지 마!"

아비가 잠결에 보리를 불렀다.

"아비야! 정신 차려. 나 여기 있어."

아비가 눈을 떴다. 보리가 아비를 내려다보고 있었다. 아비가 깜짝 놀라며 말했다.

"보리야, 또 멀리 떠나는 건 아니지?"

"안 가. 이젠 아비 너만 두고 가지 않아."

보리가 아비의 손을 꼭 잡아 주었다. 보리는 마음을 단단히 먹었다. 이제는 무슨 일이 생겨도 아비 곁을 떠나지 않을 것이라고.

황룡사 목탑지에서는 구층목탑이 무사히 완공되길 바라는 자장 대사의 법회가 열리고 있었다. 목탁 소리에 맞추어 그곳에 모인 수많은 사람들이 염불을 외웠다. 찰주가 세워지기 전, 사리공에 부처님의 진신 사리와 보물을 넣는 의식이 진행되었다. 만노가 데려온 수백 명의 신라 목공들이 흰옷을 입고 도열했고, 신라의 핵심 권력을 잡고 있는 귀족들이 멀찌감치 앉아 찰주가 세워지길 기다리고 있었다.

황금으로 만든 커다란 왕관을 쓴 선덕여왕이 석가모니의 몸에서 나온 사리인 진신 사리가 든 사리함을 들고 붉은 융단 위를 천천히 걸었다. 그 뒤를 이어 승만 공주(선덕여왕의 후계자로 훗날의 진덕여왕)가 사리공에 넣을 여러 가지 보물을 전달했다. 다른 귀족들이 그 뒤를 이었다. 사리공에 보물을 공양하는 행사가 마무리되었다.

이번에는 찰주를 세울 순서였다. 길달의 지휘를 받는 일꾼 수백 명이 구령을 모으며 힘을 보탰다. 수십 번의 구령이 울린 끝에 마침내 찰주가 하늘을 향해 똑바로 섰다. 그 자리에 모인 신라 사람들이 환호성을 질렀다.

아비는 보리의 간호 덕분에 간신히 기운을 차렸다. 고니가 와서 길달이란 자가 찰주를 세웠다는 소식을 전했다. 아비의 가슴이 철렁 내려앉았다.

'내가 설계한 탑인데, 다른 이가 찰주를 세우다니…….'

그때 밖에서 누군가 보리를 불렀다.

"보리, 안에 있나?"

선덕여왕의 호위무사 앗산이었다. 앗산이 성큼성큼 들어와 보리에게 말했다.

"폐하께서 널 데려오라 하셨다. 오늘 무리를 하셔서 많이 힘들어하신다."

"네, 얼른 준비하겠습니다."

보리가 벌떡 일어났다. 아비가 손목을 잡아당겼다. 보리가 난처한 얼굴로 말했다.

"미안해. 여왕께서 편찮으실 때 간병하는 것도 나의 일이야."

아비와 보리, 둘을 딱한 표정으로 보던 앗산이 아비에게 작은 약병을 내밀었다.

"우리 대식국 사람들이 아플 때 먹는 약이오. 한 번에 두 숟가락씩, 오한이 나고 열이 오를 때 먹어 보시오. 효과가 있을 것이니."

"고맙습니다. 참, 번역하신 《서역천문기》 잘 읽었습니다. 이해가 되지 않는 부분이 있는데 여쭤봐도 되겠습니까?"

"사실 내가 배움이 짧아 틀린 내용이 많다오. 나중에 그 책 내용을 제대로 설명해 줄 사람을 소개해 주겠소."

앗산과 보리가 궁으로 돌아갔다.

아비는 앗산이 준 약을 먹고 상태가 많이 좋아졌다. 아비는 옷을 차려입고 목탑지에 나가 보았다. 하늘을 향해 솟은 찰주가 아찔할 정도로 높아 보였다.

"이제 기운을 좀 차렸소?"

용춘 공이었다. 그는 아비의 초췌한 얼굴을 보자, 오랫동안 준비한 행사를 아비가 망칠 뻔했음에도 차마 화를 낼 수 없었다.

"목탑의 한 층, 한 층이 신라에 무릎을 꿇을 나라들이다. 그중 5층 응유가 백제다. 뭐, 이런 이야기에 충격을 받으셨소?"

"이미 알고 있던 이야기였습니다."

아비가 차갑게 말했다. 용춘 공은 아비의 얼굴을 물끄러미 보더니 다시 물었다.

“그럼 김유신 장군이 백제에 빼앗겼던 일곱 개 성을 되찾은 것 때문에 그러오?”

“듣고 기분 좋을 이야기는 아니지요. 하지만 그게 어디 한두 해 일입니까?”

아비의 냉소적인 대답에 용춘 공이 한숨을 내쉬고 천천히 말했다.

“여왕께서 보리를 무척 아끼신다오. 나더러 보리의 짝을 찾아 달라며 성화를 하셨지. 그때 마침 아비 자네가 나타났어.”

아비는 그 말에 화들짝 놀랐다. 아비가 다급하게 물었다.

“혹시, 폐하께서 저와 보리 사이를 아십니까?”

“어찌 모를까. 두 사람이 같은 자리에 있으면 반짝반짝 빛이 나는걸. 게다가 백제 최고 명장이 되어 나타난 자네를 보리가 얼마나 자랑스러워하는데…….”

용춘 공이 웃음 지었다. 보리가 자기를 자랑스러워한다는 말에 자기도 모르게 아비 입꼬리도 올라갔다. 용춘 공이 웃음기를 거두고 진지한 이야기를 시작했다.

“황룡사 구층목탑이 완성되면 폐하께선 자네와 보리가 함께할 수 있도록 도와주실 게야. 신라든, 백제든 아니면 당나라이든……. 두 사람이 원하는 곳에서 혼인을 할 수 있게 말이야. 난 자네의 실력을 믿네. 나라와 나라 사이의 문제에 휘둘리지 말고 백제 최고 대목장인 자네의 실력을 펼치길 바라네. 폐하께서도 자네를 도우실 게야."

용춘 공 말에 아비는 울컥했다. 자신을 배려해 주는 용춘 공 모습 속에서 돌아가신 목라수 박사가 자꾸 겹쳐 보였다.

"세상에서 가장 크고 웅장한 탑을 기필코 세워 보이겠습니다. 저 역시 누구보다도 이 목탑을 보고 싶으니까요."

아비가 떨리는 목소리로 말했다. 아비 인생에서 가장 중요하고 고통스러운 결단이었다.

"그리고 보리와 혼인할 수 있도록 도와주신다는 약속, 꼭 지켜 주십시오."

16. 밑고

서기 645년, 봄이 왔다. 산과 들에 아름다운 꽃이 피어나기 시작했다. 황룡사 목탑은 한 층, 한 층 쌓여 벌써 5층까지 올라와 있었다. 용춘 공은 선덕여왕에게 목탑이 올라가는 상황을 그때그때 알렸다. 보리는 여왕의 심부름을 핑계로 닷새나 엿새에 한 번 궁을 나와 아비를 만날 수 있었다.

여기저기 꽃비가 내리던 봄날이었다. 보리가 앗산과 함께 아비를 찾아왔다.

"폐하께서 아비 대목장을 초대하셨습니다."

앗산이 정중하게 아비를 안내했다. 아비는 보리와 함께 마차에 올라탔다. 보리가 아비의 눈을 천으로 가리며 말했다.

"아비야, 미안해. 폐하께서 지금 비궁에 계시거든."

마차는 한참을 달렸다. 이윽고 그들이 내린 곳은 작은 숲으로 들어가는 입구였다. 잠시 걷다 보니 기와집 한 채가 나왔다. 밖에서 볼 때는 크지 않았는데 안에 들어와 보니 마당이 넓고 정원도 아름답게 꾸며져 있었다.

여왕은 마당 한 가운데에 있는 작은 정자에 앉아 차를 마시고 있었다.

"어서 오시오, 아비지! 함께 차나 한잔하려고 불렀소."

"이리 불러 주셔서 망극하옵니다."

보리가 여왕에게 다가가 의자를 살폈다. 여왕이 앉아 있는 의자는 바퀴가 달렸고 발을 내딛는 받침대도 있었다.

"폐하, 의자가 또 말썽을 일으키지는 않았는지요?"

"괜찮았다. 이제 막 피어나는 꽃들을 보며 하염없이 시간을 보냈지."

아비는 집 전체를 천천히 훑어보았다. 몸이 불편한 여왕을 위해 여기저기에 손잡이가 달려 있었고 바퀴 달린 의자도 여러 개 있는 듯했다.

여왕이 말했다.

"이 집 안의 가구와 장식은 모두 보리 솜씨요. 월궁에선 다른 이들의 눈치를 보느라 맘껏 아플 수조차 없는데, 이곳에 오면 몸과 마음, 모두 편안히 쉴 수가 있어서 좋구려."

보리의 말에 따르면 선덕여왕은 몇 년 전 낙마 사고를 당한 뒤, 허리 병이 악화해서 걷기가 힘들다 하였다. 정무가 없는 날에는 이곳에 와서 요양도 하고 몸을 돌본다고. 다만, 일부 진골 귀족들이 호시탐탐 반역을 꾀하고 있기 때문에 이 집의 존재는 비밀에 부친다고 했다.

"용춘 공에게 자네 이야기를 많이 들었네. 두 나라 사이에 이런저런 일이 있어서 마음이 심란할 텐데 꿋꿋하게 공사 현장을 지켜 주어 고맙네. 언제쯤 과인이 구층탑 꼭대기에 오를 수 있겠는가?"

"가을쯤엔 올라가실 수 있을 것입니다."

아비가 공손하게 대답했다. 그러자 여왕이 흐뭇한 미소를 지으며 말했다.

"목탑의 조성이 끝나면 그간의 노고를 치하하는 뜻에서 상을 내리고 싶다네. 바라는 게 있는가?"

"제가 구상한 탑을 세울 수 있게 항상 믿어 주시고 후원해 주신 것만으로도 감사합니다. 다만, 한 가지 드리고 싶은 청이 있습니다."

아비가 마른침을 삼키며 조심스럽게 말을 꺼냈다. 여왕이 웃으며 물었다.

"그게 무언가? 내 다 들어줄 수 있으니 말을 해 보게."

"보리와 혼인하고 싶습니다. 공사가 끝나면 보리와 함께 백제로 돌아가고 싶습니다."

선덕여왕이 보리를 돌아봤다. 보리 얼굴이 빨개졌다.

"두 사람이 어릴 적부터 인연이 깊다는 건 짐도 알고 있다. 두 사람이 혼인하는 건 허락하겠네만 보리를 데리고 백제로 돌아가는 것은 걱정이군. 신라와 백제의 관계는 이미 파국을 맞았어. 신라 왕을 모시던 보리가 그곳에 가서 안전할 수 있겠는가? 차라리 짐이 배를 한 척 마련해 줄 테니 당나라로 떠나는 게 어떠한가? 마침 짐의 호위무사 앗산도 몇 달 후 고향인 대식국으로 돌아갈 예정이라네. 그 배를 타고 가다가 당나라 광주에서 내리면 그곳에서 살아갈 방도를 마련해 주겠네."

선덕여왕의 제의에 아비는 깜짝 놀랐다.

"폐하의 배려에 감읍할 따름입니다. 다만 백제가 아닌 다른 곳으로 떠나는 것은 곰곰이 생각해 보고 말씀드리도록 하겠습니다."

아비가 정중히 답했다. 여왕은 찻잔을 들며 그윽한 미소를 지었다.

"아직 시간이 많으니 천천히 생각해 보게. 큰 바다의 거친 물결에도 끄떡없는 튼튼한 배가 개운포에서 그대를 기다리고 있을 것이니……."

보리가 상기된 얼굴로 아비를 보았다. 아비도 보리를 향해 웃어 주었다. 하지만 가슴을 조여 오는 걱정과 불안에 이내 얼굴이 굳어졌다.

아비는 비궁에서 돌아온 뒤, 건물 외벽에 설치된 사다리를 타고 황룡사 목탑으로 올라갔다. 현재 가장 높은 지점인 5층에서 사방을 내려다보았다. 울긋불긋한 봄꽃들이 자태를 뽐내고 있었다. 산과 들과 집들도 정겨워 보였다. 아비는 여기서 보리와 함께 살아 보는 건 어떨까 생각하다가 이내 고개를 저었다. 어머니와 아버지, 형 아소의 식솔들……. 그들의 안전을 위해서라도 아비는 조국 백제의 역적이 되어선 안 되는 일이었다. 아비는 탑을 무사히 완성하고, 사랑하는 사람들도 모두 지킬 수 있는 방도를 꼭 찾으리라고 다짐했다.

계절이 어느덧 여름으로 바뀌었다. 서라벌의 더위는 위세가 대단했다. 더운 날씨에 일꾼들은 웃옷을 벗고도 땀을 뻘뻘 흘렸다.

아비는 고니와 함께 8층의 보와 도리를 연결하는 작업을 지켜보고 있었다. 높은 곳을 무서워하는 고니가 다리를 부들부들 떨어 가며 아비의 지시를 목공들에게 전달했다. 아진은 직접 들보 위로 올라가 도리와 보의 결구 작업을 거들고 있었다.

"아비 대장님, 손님이 오셨습니다. 백제 출신 와공이시랍니다."

만노의 사동인 오기가 사다리를 타고 올라왔다. 내려갈 핑계를 찾던 고니가 반색을 했다.

"아비 대장님, 제가 먼저 가서 만나보겠습니다. 아진이도 고생하고!"

고니가 무심코 아진의 이름을 불렀다. 아비가 고니에게 눈으로 주의를 줬다.

"에헴! 내가 머리가 나빠서 이름을 자꾸 헷갈리네. 동고, 저

친구 일 잘하지."

고니는 헐레벌떡 내려갔지만 이미 물은 엎질러진 셈이었다. 오기는 아진이란 이름을 듣고 그동안 품고 있던 의혹을 확신으로 바꿨다. 전에 봤던 그 백제 장수가 분명했다. 일전에 비형이 오기를 불러 아비 일행 중에 수상한 사람이 있으면 즉시 알리라고 했지만 오기는 조금 더 지켜보기로 했다. 자기가 잘못 놀린 말 한마디에 줄초상이 날 수도 있는 일이었다.

아비가 탑에서 내려갔다. 8층 보와 도리의 결구 작업을 마친 목공들도 새참을 먹기 위해 하나둘 내려오고 있었다. 시끌벅적한 신라 목공들 뒤로 아진이 혼자 조용히 내려왔다. 오기는 아진을 유심히 살폈다. 대야성에서 갑옷을 입고 싸우던 장수의 모습은 온데간데없고, 일밖에 모르는 성실한 목공으로 살고 있는 사람! 어떤 게 진짜 모습인지는 모르겠지만 누가 뭐래도 오기에게는 생명의 은인이었다.

오기는 오랜 고민 끝에, 비형이 눈치채기 전에 아진에게 얼른 이곳을 떠나라 권하기로 결심했다.

그날 저녁, 아진은 동시로 향했다. 다친 일꾼들에게 처방할 약초를 구하러 간다는 핑계를 댔다. 누가 뒤를 따르는지 살피면서 조심스럽게 이동을 했다. 꾀돌이와 만나곤 했던 작은 골목으로 들어왔다. 아진은 늘 꾀돌이를 통해 싸울아비 요원인 지단과 연락하고 있었다.

"꾀돌아! 꾀돌아!"

아진이 나지막이 불렀지만 꾀돌이는 보이질 않았다. 오기가 그 모습을 몰래 지켜보고 있는데, 아진이 갑자기 골목 어귀로 사라졌다. 다급해진 오기가 아진이 사라진 곳으로 들어갔다.

숨어 있던 아진이 불쑥 나타났다.

"웬 놈이냐?"

아진이 오기의 멱살을 잡고 위협했다. 오기는 숨이 막혀 캑캑거렸다.

"도, 동고 님!"

"너는 만노 공의 사동이 아니냐? 여긴 무슨 일이지?"

아진이 오기를 알아보고 멱살을 풀어 주자 오기가 큰 숨을 내쉬며 말했다.

"혹시 대야성에서 백제군으로 몰려 죽을 뻔한 소년을 기억하시나요?"

아진은 대야성 전투로 기억을 되돌려 보았다. 그때 죽을 뻔했던 이가 한 둘이던가. 하지만 어린 소년은 짚단에 숨어 있던 그 녀석밖에 없었다. 아진은 시치미를 뗐다.

"무슨 소리냐? 대야성이라니……."

"그때, 백제군이 저를 죽이려는 걸 말리셨잖아요."

"그게 무슨 말도 안 되는 소리냐?"

"비형 공께서 동고 님을 의심하고 있어요. 큰일이 나기 전에 이곳을 떠나세요."

오기가 안타까운 표정으로 말했다. 아진은 그 순간 오기의 진심을 느꼈다. 그 마음은 고맙지만, 자기 정체를 아는 사람이 있다면 그건 정말 심각한 문제였다. 아진은 오기의 멱살을 다시 잡았다. 오기가 목이 막혀 캑캑거렸다. 그 순간 차가운 칼끝이 아진의 목덜미에 닿았다. 비형의 밀고를 받은 김춘추가 보낸 군사들이었다.

"꼼짝 마라! 네 놈이 바로 사비성에서 보낸 세작이렷다."

그 순간 아진은 눈을 질끈 감고 생각했다. 이 자리에서 자결을 할 것인지, 죽음을 무릅쓰고 맞서 싸울 것인지. 하지만 아진은 일단은 살아야 했다. 아비와 고니를 보호해야 했으니까.

"아, 아닙니다. 오기 저 녀석이 제 약초를 훔치려 해서 겁을 준 것입니다."

다음 날 새벽, 고니가 헐레벌떡 아비의 방에 뛰어 들어왔다.

"아비야, 큰일 났어! 아진이 밤새 돌아오지 않았어."

어제 약재를 사러 길을 나선 뒤 감감무소식이라 했다. 아비가 조용히 물었다.

"혹시 신분이 탄로 난 것은 아닐까?"

"설마! 그럼 우린 어떻게 되는 거야? 우리도 세작으로 몰리는 거 아냐?"

고니가 울먹였다.

저벅저벅 발걸음 소리가 들렸다. 문이 벌컥 열리더니 완전 무장을 한 신라 장수와 군사들이 쳐들어왔다.

"이들도 백제의 세작과 한패일지 모른다. 어서 추포해라!"

"우린 황룡사 목탑을 세우러 온 장인들이요. 세작이라니 당치도 않소."

아비가 큰 소리로 외쳤다. 하지만 군사들은 아비와 고니를 포승줄로 묶어 끌어냈다. 주변에 있던 만노가 달려와 군사들 앞을 막아섰다.

“멈추시오. 이들은 폐하의 명을 받고 목탑을 세우고 있는 장인들이오. 지금 마무리 공사가 한창인데 무슨 이유로 이들을 끌고 가려는 것이오?”

“동고가 백제의 세작 혐의를 받고 투옥되었소. 당장 이자들도 심문을 해야 합니다.”

아비와 고니는 동고라는 이름을 듣고 얼음처럼 굳어 버렸다. 도대체 누가 아진의 정체를 밀고한 것일까?

그때였다. 용춘 공이 숨을 헐떡이며 달려왔다.

“이놈들! 이 사람들은 황룡사 목탑을 완공하느라 불철주야 일하는 사람들이다. 혐의가 있는 자만 문초하면 될 것이지, 왜 이 사람들까지 끌고 가려 하느냐?”

용춘 공의 호령에 군졸들은 난처해졌다. 김용춘은 자신들의 상관인 김춘추의 아버지였다. 결국 그들 중 지휘관으로 보이는 자가 나서더니, 일단 두 사람을 놔 주는 대신 외출을 금지하고 군사 여러 명을 두어 항상 감시하겠다고 말했다.

잠시 후, 아비와 고니는 용춘 공의 집무실로 불려 갔다. 비형과 만노도 있었다. 비형의 눈빛이 싸늘했다. 용춘 공이 아비에게 물었다.

"자네, 동고의 정체를 알고 있는가?"

"모, 모릅니다. 저는 그저 사비성의 목부에서 일행을 꾸렸을 뿐입니다."

"전, 그저 의원 출신이라고 알고 있습니다."

고니가 벌벌 떨면서 말했다. 아비는 용춘 공 옆에 서 있는 만노를 보았다. 만노는 아무 말도 하지 않았다.

비형이 용춘 공에게 보고했다.

"동고란 자가 백제의 세작이라는 첩보가 있어 미행을 했는데 동시 뒷골목에서 수상한 짓을 하여 추포를 했답니다. 그런데 며칠 동안 심문을 해도 자백하지 않는답니다. 같이 있던 오기란 녀석도 발뺌을 한답니다."

아비는 며칠 동안 잔인하게 고문을 당했을 아진을 생각하니 손발이 벌벌 떨려 왔다. 그래도 아직 자백을 하지는 않았으니 아진의 목숨을 구할 기회는 남아 있을지도 몰랐다.

"동고가 내 아들 춘추의 수하에게 잡혀 있다고 하니 내가 가 봐야겠네."

용춘 공이 만노에게 아비와 고니를 맡기고 비형과 함께 밖으로 나갔다. 주위가 잠잠해지자 만노가 속삭였다.

"아비야, 나한테는 솔직히 말해 다오. 동고란 자가 아진이 맞지?"

만노의 질문에 놀란 아비는 대답 대신 고개만 끄덕였다.

"그걸 어찌 아셨어요?"

고니도 놀란 듯 큰 소리로 물었다.

"고니야, 죽고 싶지 않으면 그 목소리 좀 낮춰라."

만노가 눈을 부라리며 고니를 나무랐다. 만노가 속삭였다.

"어릴 때부터 보았던 아이다. 내가 어찌 모르겠냐? 너희는 그 녀석이 그토록 위험한 일을 하고 다니는데 왜 말리지 않았어?"

"죄송합니다."

아비가 고개를 숙여 답했다. 만노가 어두운 표정으로 말했다.

"수사 결과가 나올 때까지 공사를 멈출 것이다."

"안 됩니다. 며칠 있으면 8층 공사가 마무리됩니다. 한 층만 더하면 목탑의 구조체는 완성되는 것입니다."

"아비야, 네 마음은 알겠구나. 하지만 세상은 우리 뜻과는 다르게 흐른단다."

만노가 탄식을 하며 밖으로 나갔다.

아비와 고니는 군사들에 의해 각자의 처소에 따로따로 감금

되었다. 아비는 방에 조용히 앉아 보리 생각을 했다.

'탑만 완성되면 멀리 떠나 버리자. 보리와 함께라면 어디라도 좋다.'

그때 여왕이 보내 준 《서역천문기》가 눈에 띄었다. 아비는 책을 펴서 다시 천천히 읽어 보았다. 백제도 신라도 아닌, 또 다른 세계의 질서가 그 책에 들어 있었다.

이틀 뒤, 신라군에게 끌려갔던 아진이 돌아왔다. 그동안 고문을 받은 터라 몰골이 말이 아니었다. 아비와 고니가 달려가 아진을 살폈다. 아진이 힘겹게 말했다.

"다들 왜 이렇게 죽상이냐? 내가 이까짓 일로 죽을 줄 알았느냐? 걱정하지 말고 마무리 공사나 잘하자. 우리가 보란 듯이 서라벌 한복판에 백제 탑을 우뚝 세우는 거야!"

"그래, 그러자!"

아비가 울먹거렸다. 고니가 팔을 벌려 아비와 아진을 껴안았다. 세 친구는 서로를 부둥켜안고 눈물을 흘렸다.

17. 황룡이 솟아오르다

서기 645년 9월, 서라벌에는 황룡사 구층목탑이 화제가 되었다. 전쟁과 재난으로 지친 신라의 백성들은 서라벌은 물론, 인근 마을에서도 보인다는 황룡사 목탑 이야기로 밤을 새웠다. 하늘을 찌를 듯 높다는 탑을 보기 위해 황룡사 근처에는 벌써부터 구경꾼들이 모여들었다.

9층 꼭대기에 지붕이 얹어졌다. 기와도 순서대로 올라갔다. 이제 단청을 그리고, 불상과 불화로 각 층의 공간을 채우는 일이 남았다. 아비는 225척 높이의 거대한 목탑의 완성을 앞두고 감개무량했다. 아진도 조금씩 건강을 회복해서 이젠 공사 현장에 나와 조금씩 일을 거들기 시작했다.

그날 오후, 구조체가 완성되었다는 말을 들은 선덕여왕이 보리와 호위무사 앗산을 대동하고 황룡사에 왔다. 용춘 공이 반갑게 뛰어가 여왕을 맞이했다.

"폐하! 기별도 없이 어찌 오셨습니까?"

"구조체가 완성되었다는 소식에 용춘 공과 함께 올라가 보고 싶었습니다."

아비도 정중하게 인사했다. 선덕여왕이 아비를 반겼다.

"아비지, 그동안 고생이 많았소. 역시 내 선택이 틀리지 않았군!"

"대목장으로서, 최고의 탑을 세우려 했을 뿐입니다."

아비가 공손하게 말했다. 보리가 아비를 보고 미소를 지었다.

"폐하, 계단으로 오르기는 힘드실 듯합니다. 제 등에 업히시지요."

용춘 공이 등을 내밀었다. 여왕이 얼굴을 붉히더니 바퀴 의자에서 일어섰다.

"괜찮습니다. 걸어갈 수 있으니 손이나 꽉 잡아 주시지요."

호위무사 앗산이 제일 먼저 앞장섰고 여왕과 용춘 공이 손을 잡고 천천히 올라갔다. 아비와 보리가 그 뒤를 따랐다.

"3층에는 〈석가삼존도〉를 벽에다 그리면 좋겠어요. 꼭대기 층에는 〈칠성도〉가 어떨까요?"

선덕여왕과 용춘 공은 올라가는 내내 목탑 내부를 어떻게 꾸밀지 상의했다. 여왕의 얼굴에 생기가 넘쳐흘렀다.

드디어 꼭대기인 9층에 올랐다. 선덕여왕은 활짝 열린 문밖으로 나가 난간에 올라섰다. 용춘 공이 그 곁을 지켰다. 선덕여왕의 눈에 서라벌 전역이 한눈에 들어왔다.

"여기 서 있으니 신라의 밝은 미래가 보이는 것 같습니다. 용춘 공, 어린 시절 제게 하셨던 약속을 이렇게 지켜 주셨어요."

"저는 폐하께 이 목탑을 바칠 수 있어서 행복합니다. 죽어도 여한이 없습니다."

선덕여왕과 용춘 공은 발아래에 펼쳐진 풍경을 만끽했다. 그 모습을 뒤에서 지켜보던 아비가 조용히 보리 손을 잡았다.

"우리, 신라도 백제도 아닌 다른 곳으로 떠날까? 너만 좋다면 말이야."

"그래, 좋아! 너랑 함께라면 어디든 갈 수 있어."

보리 대답에 아비는 가슴이 벅차올랐다.

그날 아비와 보리는 여왕에게 이곳 일을 마무리하면 배를 타고 떠나겠다는 생각을 전했다. 여왕은 두 사람을 위해 모든 것을 준비해 두겠다고 약속했다.

며칠 후, 황룡사 구층목탑의 웅장한 자태가 거의 완성되고 있었다. 수백 명의 목공들이 마무리 작업에 몰두했다. 아진도 며칠 전부터 목탑에 올라 일을 거들었다. 아비가 조용히 아진 곁으로 가서 물었다.

"몸은 좀 어때? 일을 해도 괜찮겠어?"

"음, 일을 해야 잡념이 없어지지."

아진은 문짝과 이음새에 방부제 기능을 하는 송진을 바르고 있었다. 주위에 사람이 없자 아비가 아진에게 속삭였다.

"목탑이 거의 완성되고 있으니 기회를 봐서 고니와 이곳을 떠나도록 해."

"너는?"

아진이 아비에게 되물었다. 아비가 조용히 말했다.

"나는 보리와 함께 배를 타고 멀리 가려고. 그게 최선일 것 같아서……."

순간 고향에 있는 가족들의 얼굴이 떠올랐지만, 아비는 억지로 그 생각을 밀어냈다.

"사비성에서 보낸 사람들이 도처에서 너와 보리를 감시하고 있어. 조심해!"

아진이 들릴 듯 말 듯 하게 말했다. 아비가 화들짝 놀랐다.

"그럼 너 말고 다른 세작이 또 있다는 거야?"

아비가 놀란 마음에 다급하게 물었다. 아진이 목소리를 더욱 낮췄다.

"처음엔 황룡사 구층목탑에 큰 의미를 두지 않던 어라하께서, 요즘 구층목탑이 다 되어 가자 신경을 많이 쓰신단다. 게다가 사비성에 네가 신라 여인과 정분이 났다는 소문이 퍼졌다고 하더라."

아비 얼굴이 백지장처럼 하얗게 변했다. 아비가 말을 더듬으며 물었다.

"뭐, 뭐라고? 그럼 난 어찌해야 하지? 고니는?"

"넌 계획대로 보리랑 멀리 떠나. 나는 고니가 백제로 무사히 돌아갈 수 있는 길을 찾아볼게."

아진이 슬픈 표정으로 말했다. 두려움이 아비를 엄습했다.

해가 서쪽으로 기울었다. 일과를 마친 목공들이 탑에서 내려왔다. 황룡사의 신도들이 일꾼들을 위해 주먹밥을 가져왔다.

일꾼들이 허기를 달래기 위해 멍석 위에 자리를 잡았다. 아진은 제일 구석진 곳에 앉았다. 일꾼 하나가 주먹밥이 든 바구니를 들고 다가와 음식을 건넸다. 그는 다름 아닌 백제의 세작인 지단이었다.

"여기 새참을 드시오. 한 사람에게 한 개씩이오."

아진은 주먹밥을 먹지도 않고 주머니에 넣었다. 잠시 후, 뒷간에 가서 주먹밥을 꺼내 반으로 갈랐다. 주먹밥 가운데에 작은 종이쪽지가 있었다. 쪽지에는 '火鬼(화귀)' 두 글자만 적혀 있었다. 아진은 그 쪽지를 입에 넣어 잘근잘근 씹으며 생각했다.

'화귀……. 사비성에서 우리를 버렸구나. 아예 불귀신이 되라고 하는구나.'

뒷간 문을 나섰더니 고니가 아진을 기다리고 있었다.

"괜찮아? 하도 오래 걸려서 뒷간에 빠졌나 싶었다."

고니의 너스레에 아진이 헛웃음을 지었다.

아진이 고니에게 물었다.

"고니야, 집에 가고 싶지?"

"가고 싶지. 우리 땡이랑 아들 보고 싶어 죽겠다."

고니 말에 가슴이 조여 왔다.

아진은 혼자서 오랫동안 생각했다. 쪽지를 통해 지시받은 대로 목탑에 불을 지르게 되면 아비와 고니, 그리고 자신은 살아서 돌아갈 수 없을 것이다. 하지만 불을 지르지 않으면 세 사람 모두 역적이 될 것이다.

아진은 결심했다. 그 모든 짐을 자신이 짊어지겠다고.

초가을의 저녁노을이 아름다웠다. 아비는 낮에 아진과 나눈 이야기로 심란했다. 아비는 술병을 몰래 가슴에 품고는 계단을 통해 천천히 목탑을 올랐다.

목탑 꼭대기에 도착했다. 아비는 문을 열고 난간으로 나갔다. 바람이 세찼다. 서라벌과 그 너머까지 마을과 논과 밭, 산과 강이 한눈에 들어왔다.

"이 탑을 세우기 위해 희생하신 모든 분에게 바칩니다."

아비는 술을 잔에 따라 몇 번 돌리고는 허공을 향해 흩뿌렸다. 황룡사 구층목탑은 전대미문의 큰 공사였다. 크고 작은 사고도 많았고 목숨을 잃은 사람도 여럿이었다.

"아까운 술을 왜 그리 버리느냐?"

아비가 놀라서 몸을 움찔했다. 목탑 난간 반대편에 아진이 서 있었다.

"너는 어인 일이냐? 입구마다 보초가 있어 올라오기 힘들었을 텐데……."

"내가 누구냐? 아비 대장의 오른팔 목공, 동고 아니냐?"

"맞다. 그동안 정말 고생 많았다. 한 잔 받아라!"

아비가 술잔을 아진에게 건넸다. 아진은 그 술잔을 한참 동안 보더니 한 번에 비웠다.

"그나저나 네가 설계하고 세운 탑의 꼭대기에 서니 어떤 기분이 들어?"

아진이 진지하게 물었다. 아비가 한숨을 쉬며 말했다.

"이상해! 실감이 나질 않는다. 여기가 백제 사비성이면 좋겠단 생각도 들고."

"나도 그랬어. 전쟁에서 승리를 거둘수록 가슴에 돌덩이가 쌓였지. 그만큼 많은 이들의 목숨을 빼앗았다는 얘기니까."

"아진아, 네가 없었으면 이 탑을 세울 수 없었을 거야. 정말 고맙다."

아비가 아진에게 진심을 다해 말했다. 아진이 슬픈 눈으로 아비를 물끄러미 보았다.

“아비야, 네 꿈은 뭐야?”

“세상에서 가장 높은 탑을 세우겠다던 어린 시절 꿈은 이루었으니, 이젠 다른 꿈을 꾸고 싶어. 부처님이 계신 불탑이 아니라 사람이 사는 집을 짓고 싶다. 온전히 내 의지로 짓는 사람의 집!”

“거기서 보리랑 함께 살고 싶은 것이구나.”

“그렇지. 네 꿈은 무엇이냐?”

“아비, 네 꿈이 이루어지는 게 내 꿈이다.”

“에이! 거짓부렁 말고.”

아진이 말없이 아비를 끌어안았다. 아비 가슴팍에 아진의 심장 박동이 전해졌다. 아비에게 아진이 그 어느 때보다 가깝게 느껴지는 순간이었다. 그 순간, 아비에게 표현할 수 없는 감정의 파도가 밀려왔다. 고마움과 미안함, 기쁨과 슬픔이 뒤섞인 묘한 감정이었다.

시간이 흘러 어둠이 내려와 있었다. 아진이 급히 내려가자 했다. 그렇게 6층에 이르렀을 때, 아진이 말했다.

“아비야, 내가 위에 뭘 좀 두고 왔다. 아까 고니가 어디 아프다던데 내려가서 얼른 가 봐라. 곧 따라갈 터이니.”

"그래? 그럼 얼른 내려와라. 요즘 신라군의 감시가 살벌하다."

"내 걱정은 말고 어떻게 꿈을 이룰 수 있을지나 생각해 봐."

아진이 밝게 웃으며 말했다. 아비가 고개를 절레절레 흔들고는 아래로 내려왔다.

아비는 탑에서 내려오자마자 고니의 거처를 찾아갔다. 고니가 창백한 얼굴로 방구석에서 보따리를 들고 벌벌 떨고 있었다.

"고니야, 무슨 일이냐?"

고니가 손가락으로 입을 막는 시늉을 하더니 아비에게 귓속말을 했다.

"지금 얼른 도망가야 한다. 아진이 해시가 되기 전에 이곳을 빠져나가라고 했어."

"그게 무슨 소리야? 지금 목탑에서 아진이랑 함께 있다가 내려오는 건데?"

"오늘 밤에 아진이가 목탑에서 무슨 큰일을 치를 것 같아. 황룡사를 빠져나가 동시장 입구로 가면 우리를 도와줄 사람이 있다고 했어."

아비는 온몸의 피가 다 빠져나가는 듯한 기분이 들었다. 목탑의 9층 꼭대기에서 아진을 만난 것은 우연이 아니었다. 아비는 방문을 박차고 뛰어나갔다. 어느새 해시를 알리는 종소리가 울려 퍼지고 있었다. 아비는 다급하게 뛰느라 한 무리의 신라 군인들이 자신의 뒤를 따라붙는 줄도 몰랐다.

그 시각, 아진은 목탑 6층에 있었다. 계단참 뒤에서 나무로 된 통을 꺼냈다. 그 안에는 노반공들이 금속 표면을 닦다가 남은 기름이 들어 있었다.

'아비야, 미안하다.'

아진이 기름을 자기 몸에 들이부었다. 몸에서 흘러내린 기름이 바닥을 흥건하게 적셨다. 이어서 부싯돌에 불을 붙여 횃불을 켰다. 밝은 불빛에 아진의 얼굴이 선명하게 드러났다.

그 순간, 아비가 올라와 소리를 질렀다.

"아진아! 무슨 짓이냐?"

아비가 다가오자 아진이 횃불을 휘두르며 위협했다.

"가까이 오지 마. 여기를 불지옥으로 만들 것이다."

"대체 왜 그래? 사비성의 명령을 받은 거야?"

"아니다! 내가 우국충정의 마음으로 이 목탑을 다 태우려는 거다!"

아진이 미친 듯이 소리를 질렀다. 아비는 아진을 설득하기 시작했다.

“아진아! 제발 그만둬.”

아래층에서 뛰어 올라오는 군졸들의 발소리가 들렸다. 아비가 다시 한번 외쳤다.

“아진아, 지금이라도 멈추면 살 수 있어. 제발 여기서 그만둬.”

발소리가 가까워졌다. 아진이 일그러진 얼굴로 말했다.

“잘 들어! 오늘 여기서 죽는 사람은 내가 아니라 너야. 백제 대목장 아비가 자기가 만든 탑에 불을 놓다가 불귀신이 되어 죽는 거라고.”

아진이 나 대신 죽겠다는 말이구나! 아비는 머릿속이 하얘졌다.

신라 군사들이 6층으로 올라와 아진에게 활과 칼을 겨눴다. 아진이 주위를 살피더니 자기 몸에 불을 붙였다. 불길이 순식간에 타올랐다. 아비는 아진의 몸에 붙은 불을 끄기 위해 옷을 벗어 들고 달려갔다. 아진에게서 뿜어져 나온 불꽃이 아비의 얼굴에 튀었다.

“악!”

아비가 불에 데어 몸부림치는 순간 아진이 비명과 같은 소리를 질렀다.

"백제 대국 만세!"

불덩어리가 된 아진이 열린 문을 향해 돌진했다. 아비가 아진을 잡기 위해 뛰다가 미끄러운 바닥에 넘어졌다.

"안 돼! 안 돼!"

아비가 비명을 질렀다.

아진이 불덩이가 되어, 목탑에서 떨어졌다. 고니가 달려가 아진의 몸에 붙은 불을 껐지만 아진은 이미 숨을 거둔 뒤였다.

"안 돼! 안 돼! 이 바보 같은 녀석! 이리 죽어 버리면 우리는 어쩌란 말이야!"

고니가 미친 듯이 소리를 질렀다. 사람들이 몰려왔다. 만노가 달려와 아진의 시신을 천으로 덮었다.

6층 바닥에 붙었던 불은 금방 꺼진 듯했다. 목탑 위에서 군인들이 얼굴을 가린 다친 사내를 들것에 싣고 내려왔다. 만노와 고니는 얼굴을 가린 사내가 아비라는 것을 직감적으로 알았다. 사고 현장으로 몰려온 사람들은 다친 사내가 아비의 분신을 말리던 동료, 동고일 것이라고 여겼다.

그날 밤 용춘 공은 선덕여왕에게 이 비극적인 사건을 보고했다. 여왕은 보고를 받고 나서 용춘 공에게 은밀한 명령을 내렸다. 불을 놓으려다가 목숨을 끊은 이는 백제 대목장 아비지여야 한다고.

"백제 대목장 아비가 스스로 목숨을 끊었다."

"목탑이 완성되면 백제가 망할까 봐 두려워서 불귀신이 되었다."

서라벌에 소문이 퍼졌다. 백제 대목장 아비가 자기 손으로 세운 황룡사 구층목탑에 불을 놓으려다가 실패했고 이를 비관해 스스로 목숨을 끊었다고.

선덕여왕은 이 사건과 관련해 다음과 같은 명을 내렸다.

"짐은 지난번 황룡사 목탑에서 있었던 비극적인 일에 애도를 표하오. 백제 대목장 아비지가 목탑에 불을 지르는 대신 스스로 목숨을 끊었으니 어찌 그를 탓할 수 있겠소? 짐은 황룡사 구층목탑을 지은 이가 백제 대목장 아비지라는 사실을 역사에 길이길이 남길 것을 명하겠소."

그로부터 열흘 후, 고니가 아진의 유골이 담긴 항아리를 들고 백제로 향했다. 백제 왕실에서는 아비가 자신의 충정을 증명하기 위해 자결을 했다고 발표했다. 아울러 아비를 죽음에 이르게 한 신라 왕실을 비난했다. 사비성에 돌아온 고니는 말을 아꼈다.

며칠 후, 고니는 유골함을 들고 아비의 집을 찾아갔다.

"아이고! 불쌍한 내 새끼!"

아들이 한 줌 재가 되어 돌아오자 어머니는 정신을 잃었다. 아버지 연담도 눈물을 주체하지 못했다. 아비가 태어날 때 꾸었던 불길한 꿈이 현실이 되었다며 비극을 막지 못한 자신을 책망했다. 그 모습을 지켜보던 고니가 연담에게 귓속말을 했다.

"유골 주인은 아비가 아니라 아진입니다. 하지만 아비라 여기셔야 합니다."

연담은 고니 말을 듣고 큰 충격을 받았다. 아비가 살아 있다는 기쁨도 잠시, 한 줌 재로 돌아온 아진에 대한 애통함에 눈물을 멈출 수 없었다.

| 에필로그 |

바람을 타고 세상을 돌아

한 달 후, 흰 돛을 단 배 한 척이 푸른 물결이 넘실거리는 큰 바다를 가로지르고 있었다. 왼쪽 뺨에 화상을 입은 아비가 갑판 위에서 소리를 질렀다.

"앗산 형님! 저기 육지가 보입니다."

선장이 된 앗산이 아비가 가리키는 방향을 보며 투덜거렸다.

"도대체 어디에 육지가 있다는 것이야?"

아비가 손짓을 하며 설명했다.

"아이참! 저게 안 보이십니까? 저곳이 바로 당나라 광주인 게 틀림없어요."

"옳다! 저기 뭔가 보이는구먼. 아비, 자넨 눈썰미 하나는 최고야!"

앗산이 아비 어깨를 두드리며 웃었다.

그때 보리가 만삭인 앗산의 아내를 부축하며 갑판 위로 올라왔다.

"우리 낭군, 아비. 이젠 멀미도 안 하고, 제법 뱃사람으로 쓸 만하죠?"

보리가 아비에게 안기며 말했다. 그러자 앗산이 호통을 쳤다.

"보리야, 자꾸 눈꼴사납게 굴면 둘 다 배에서 내리라고 할 것이다."

멀리서 광주항의 북적북적한 모습이 보이기 시작했다.

앗산이 아비에게 물었다.

"아비. 이제 어쩔 것이냐? 광주에 내려서 거기에 정착할 텐가, 아니면 거기에 잠깐 머물다가 우리를 따라 대식국까지 갈 텐가?"

아비가 보리와 눈길을 나누더니 빙그레 웃으며 앗산에게 말했다.

"형님이 허락하신다면 이 배를 타고 세상 끝까지 가 보겠습니다."

"좋아! 나중에 힘들다고 울고불고하면 안 된다. 일단 저 항구에 내려 보자고."

앗산이 뱃머리를 광주 항구로 돌렸다. 멀리서 항구의 불빛들이 반짝였다. 아비는 고향에 두고 온 그리운 사람들을 떠올렸다.

'아진아, 고니는 지금쯤 고향에서 농사를 지으며 잘 살고 있겠지.'

아비가 품에서 금속으로 된 작은 합을 꺼내 들었다. 그것은 배가 떠나던 날, 배웅을 나온 만노가 아비에게 전해 준 것이었다. 그 작은 합에는 아진의 유골 일부가 들어 있었다.

아비가 보리에게 다정하게 말했다.

"보리야. 너와 나, 그리고 아진. 우리 셋이서 이 넓은 세상 원없이 다녀 보자."

보리가 고개를 끄덕이더니 화상으로 일그러진 아비 뺨에 입을 맞추었다. 남국의 톡 쏘는 향이 바닷바람을 타고 코로 흘러 들어왔다.

멀고 먼 길을 돌아 하나가 된 아비와 보리에게 새로운 세상이 열리고 있었다.

내가 사랑하게 된 백제

백제는 어떤 나라였을까? 고구려는 광대한 영토를 차지했고 신라는 삼국을 통일하여 민족 문화의 근간을 만들었다. 반면 기원전 18년부터 660년까지, 700년 가까이 이어 온 백제의 역사는 주로 '패망'이라는 한 단어로 귀결되었다. 또한 의자왕과 삼천 궁녀에 관한 과장된 이야기까지 보태지면서 백제는 '부흥'이나 '영광'과는 어울리지 않는 듯했다. 나 역시 그런 편견이 있었고 백제에 관한 지식도 보잘것없었다.

그러다 2017년에 '미륵사지 석탑'에 대한 짧은 원고를 청탁받아 백제와 미륵사지 석탑에 관한 자료를 공부하며 백제의 다른 면모를 알게 되었다. 미륵사가 조성되었던 시대, 무왕이 통치하던 시대의 백제는 막강했다. 특히 건축 기술이 발달해서 이웃 나라인 왜와 중국의 양나라, 당나라까지 명성이 자자했다. 적국인 신라에서조차 황룡사에 구층목탑을 세우기 위해 백제 대목장 '아비지'를 보내 달라 요청했을 정도였다.

그때부터 나는 백제의 천재적인 건축가 아비에 대해 찾아보았고 언젠가 그의 성장 과정을 담은 이야기를 써 보고 싶다는 소망을 품었다. 그 시작점에서 가장 큰 도움을 준 두 권의 책이 있다. 오랫동안 백제 역사를 연구해 온 이병호 박사의 저서, 《내가 사랑한 백제》와 《백제 왕도 익산, 그 미완의 꿈》이다. 백제에 대해 알아보며 그동안 비극의 무대로만 여겼던 백제의 사비성이 얼마나 세련되고 수준 높은 기술을 기반으로 했던 도시인지를 알게 되었다. 또한 백제 무왕이 금마저에 미륵사를 창건했을 뿐 아니라, 왕궁과 관청을 지어 그곳을 새로운 왕도로 삼으려 했다는 숨겨진 역사도 알 수 있었다. 새로운 도읍을 건설하는 과정에서 나무가 아닌 돌로 된 탑을 세우고, 기와에 유약을 입히는 기술 혁신이 일어났다는 건 더욱 놀라웠다.

때마침 18년이 넘는 미륵사지 석탑 보수 정비가 완료되어 일반에 공개된다는 소식이 들렸다. 2020년 2월, 마침내 1,300년이 넘는 세월을 버틴 미륵사지 석탑을 직접 눈으로 볼 수 있었다. 미륵사지 석탑은 상상했던 것보다 훨씬 웅장했다. 미륵사 근처에 있는 왕궁리 유적에도 가 보았는데 얼핏 보면 아무것도 남아 있지 않은 듯하지만 기왓장에 그려 넣은 사람 얼굴이나 장인들이 사용하던 공동 화장실까지, 그곳에서 땀 흘려 일하던 백제 장인들의 흔적이 그대로 남아 있었다.

익산과 부여에서 돌아오자마자 작품 구상을 시작했지만 곧 한계에 부딪혔다. 백제 건축물은 석탑 몇 개를 빼면 현재까지 남아 있는 게 없었다. 그때 등댓불이 되어 주었던 책이 《백제 사찰건축의 조형과 기술》(이왕기)과 《아름다운 백제 건축》(장경호)이었다. 작품 후반부의 무대인 서라벌, 그중에서도 '황룡사 구층목탑'에 대한 자료들도 수없이 찾아봤으며 이는 《한국 고대 목탑의 구조와 의장, 황룡사 구층탑》(권종남)이 큰 도움을 주었다.

역사적 사실과 허구가 합쳐진 작품을 흔히 '팩션(Faction)'이라고 한다. 여러분에게 내놓은 이 작품도 그렇다. 이 소설의 주인공 아비는 실존 인물이다. 정확히 언제 태어나 죽었는지는 알 수 없지만, 아비는 신라 왕실의 요청을 받아 의자왕이 파견한 백제 최고의 명장이었다. 선덕여왕과 김용춘도 역사 속에서 큰 존재감을 뽐내었던 실존 인물들이다. 백제의 건축 기술을 상징하는 목라수 박사는 가공의 인물이지만 그 시대 건축계의 '큰 어른'으로 존중받은 인물로 설정했다.

오늘날 부여 시내 한복판에는 정림사지 오층석탑이 남아 있다. 목탑은 남아 있지 않지만, 정림사의 위상과 규모로 보아 목탑이 당연히 존재했을 거라고 추정하고 작품 안에 그려 냈다. 아울러 미륵사의 목탑은 미륵사 절터에 탑을 세웠던 흔적이 확실하게 남아 있다.

주인공 아비의 운명이 워낙 가혹하다 보니 그에 대한 민담도 많은데 대부분 자살이란 비극적 결말로 끝맺는다. 그러나 필자는 아비를 자살로 내몰고 싶지 않았다. 기나긴 고민 끝에 아비를 백제도, 신라도 아닌 새로운 세상으로 향하게 했다.

1,300여 년 전, 정치권력의 다툼 속에서 희생되어야 했던 청춘들의 비극이 낯설지 않은 까닭은 무엇일까? 지금의 현실 속에서 '편 가르기'와 '권력다툼'에 의해 희생되는 또 다른 '아비'와 '아진'이 없기를 간절히 바란다.

임문성